【張愛玲全集】

惘然記

惘然記

北宋有一幅『校書圖』，畫一個學者一手持紙卷，一手拿著個小物件——看不清楚是簪子還是文具——在搔頭髮，彷彿躊躇不決。下首有個僮兒托盤送茶來。背景是包公案施公案插圖中例有的，坐堂的官員背後的兩折大屏風，上有朝服下緣的海濤圖案。看上去他環境優裕。他校的書也許我們也不怎麼想看。但是有點出人意表地，他赤著脚，地下兩隻鞋一正一反，顯然是兩脚互相搓抹著褪下來的，立刻使我想起南台灣兩個老人脫了鞋坐在矮石牆上拉弦琴的照片，不禁悠然微笑。作爲圖畫，這張畫沒有什麼特色，脫鞋這小動作的意趣是文藝性的，極簡單扼要地顯示文藝的功用之一：讓我們能接近否則無法接近的人。

在文字的溝通上，小說是兩點之間最短的距離。就連最親切的身邊散文，是對熟朋友的態度，也總還要保持一點距離。只有小說可以不尊重隱私權。但是並不是窺視別人，而是暫時或多或少的認同，像演員沉浸在一個角色裏，也成爲自身的一次經驗。

寫反面人物，是否不應當進入內心，只能站在外面罵，或加以丑化？時至今日，現代世界名著大家都相當熟悉，對我們自己的傳統小說的精深也有新的認識，正在要求成熟的作品，要求深度的時候，提出這樣的問題該是多餘的。但是似乎還是有在此一提的必要。

對敵人也需要知己知彼。不過知彼是否不能知道得太多？因爲了解是原恕的初步？如果了解導向原宥，了解這種人也更可能導向鄙夷。缺乏了解，才會把罪惡神化，成爲與上帝抗衡的魔鬼，神祕偉大的『黑暗世界的王子』。至今在西方『撒旦教派』『黑彌撒』還有它的魅力。

這小說集裏三篇近作其實都是一九五〇年間寫的，不過此後屢經徹底改寫，『相見歡』與『色，戒』發表後又還添改多處。『浮花浪蕊』最後一次大改，才參用社會小說做法，題材比近代短篇小說散漫，是一個實驗。

這三個小故事都曾經使我震動，因而甘心一遍遍改寫這麼些年，甚至於想起來只想到最初獲得材料的驚喜，與改寫的歷程，一點都不覺得這其間三十年的時間過去了。愛就是不問值得不值得。這也就是『此情可待成追憶，只是當時已惘然』了。因此結集時題名『惘然記』。

此外還有兩篇一九四〇年間的舊作。聯合報副刊主編瘂弦先生有朋友在香港的圖書館裏舊雜誌上看到，影印了兩篇，寄來問我是否可以再刊載。一篇散文『華麗緣』我倒是一直留著稿子在手邊，因爲部份寫入『秧歌』，迄未發表。另一篇小說『多少恨』，是以前從大陸出來的時候不便攜帶文字，有些就沒帶出來。但是這些年來，這幾篇東西的存在並不是沒人知道，如美國學者耿德華（Edward Gunn）就早已在圖書館裏看見，影印了送給別的嗜痂者。最近有人也同樣從圖書館裏的舊期刊上影印下來，擅自出書，稱爲『古物出土』，作爲他的發現；就拿我當北宋時代的人一樣，著作權可以逕自據爲己有。口氣中還對我有本書裏收編了幾篇舊作表示不滿，好像我侵犯了他的權利，身爲事主的我反而犯了盜竊罪似的。

『多少恨』的前身是我的電影劇本『不了情』。原劇本沒有了，附錄另一隻電影劇本『情場如戰場』，根據美國麥克斯．舒爾曼（Max Shulman）著舞台劇『The Tender Trap（溫柔的陷阱）』改編的，影片一九五六年攝製，林黛陳厚張揚主演。

『多少恨』裏有些對白太軟弱，我改寫了兩段，另一篇舊作『殷寶灩送花樓會』實在太壞，改都無從改起。想不收入小說集，但是這篇也被盜印，不收也禁絕不了，只好添寫了個尾聲。不得不嚕嗦點交代淸楚，不然讀者看到雙包案，不知道是怎麼回事，還以爲我在盜印自己的作品。

目錄

色，戒

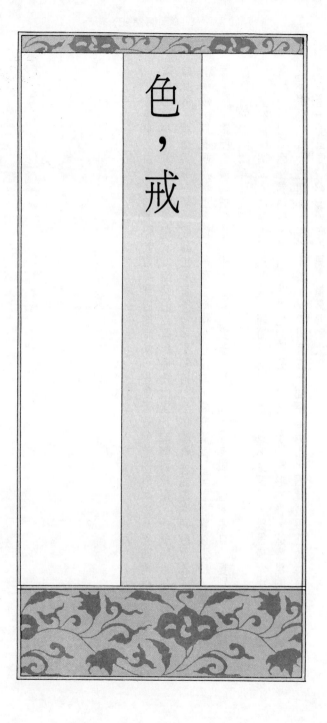

麻將桌上白天也開著强光燈，洗牌的時候一隻隻鑽戒光芒四射。白桌布四角縛在桌腿上，繃緊了越發一片雪白，白得耀眼。酷烈的光與影更托出佳芝的胸前丘壑，一張臉也禁得起無情的當頭照射。稍嫌尖窄的額，髮腳也參差不齊，不知道怎麼倒給那秀麗的六角臉更添了幾分秀氣。臉上淡妝，只有兩片精工雕琢的薄嘴唇塗得亮汪汪的，嬌紅欲滴。雲鬢蓬鬆往上掃，後髮齊肩，光著手臂，電藍水漬紋緞齊膝旗袍，小圓角衣領只半寸高，像洋服一樣。領口一隻別針，與碎鑽鑲藍寶石的『鈕釦』耳環成套。

左右首兩個太太都穿著黑呢斗篷，翻領下露出一根沉重的金鍊條，雙行橫牽過去扣住領口。戰時上海因為與外界隔絕，興出一些本地的服裝。淪陷區金子畸形的貴，這麼粗的金鎖鍊價值不貲，用來代替大衣鈕釦，不村不俗，又可以穿在外面招搖過市，因此成為汪政府官太太的制服。也許還是受重慶的影響，覺得黑大氅最莊嚴大方。

易太太是在自己家裏，沒穿她那件一口鐘，也仍舊『坐如鐘』，發福了。她跟佳芝是兩年前在香港認識的。那時候夫婦倆跟著汪精衛從重慶出來，在香港耽擱了些時。跟汪精衛的人，曾仲鳴已經在河內被暗殺了，所以在香港都深居簡出。易太太不免要添些東西。抗戰後方與淪陷區都缺貨，到了這購物的天堂，總不能入寶山空手回。經人介紹了這位麥太陪她買東西，本地人內行，香港連大公司都要討價還價的，不會講廣東話也吃虧。他們麥先生是進出口商，生意人喜歡結交官場，把易太太招待得無微不至。易太太十分感激。珍珠港事變後香港陷落，麥先生的生意停頓了，佳芝也跑起單幫來，貼補家用，帶了些手錶西藥香水絲襪到上海來賣。易太太一定要留她住在他們家。

『昨天我們到蜀腴去——麥太太沒去過。』易太太告訴黑斗篷之一。

『哦。』

『馬太太這有好幾天沒來了吧？』另一個黑斗篷說。

牌聲噼啪中，馬太太只咕噥了一聲『有個親戚家有點事。』

易太太笑道：『答應請客，賴不掉的。躲起來了。』

佳芝疑心馬太太是吃醋，因爲自從她來了，一切以她爲中心。

『昨天是廖太太請客，這兩天她一個人獨贏，』易太太又告訴馬太太。『碰見小李跟他太太，叫他們坐過來，小李說他們請的客還沒到。我說廖太太請客難得的，你們好意思不賞光？剛巧碰到小李大請客，來了一大桌子人。坐不下添椅子，還是擠不下，廖太太坐在我背後。我說還是我叫的條子漂亮！她說老都老了，還吃我的豆腐。我說麻婆豆腐是要老豆腐嘛！噯喲，都笑死了！笑得麻婆白麻子都紅了。』

大家都笑。

『是哪個說的？那回易先生過生日，不是就說麻姑獻壽嘍！』馬太太說。

易太太還在向馬太太報導這兩天的新聞，易先生進來了，跟三個女客點頭招呼。

『你們今天上場子早。』

他站在他太太背後看牌。房間那頭整個一面牆上都掛著土黃厚呢窗簾，上面印有特大的磚紅鳳尾草圖案，一根根橫斜著也有一人高。周佛海家裏有，所以他們也有。西方最近興出來的假落地大窗的窗簾，在戰時上海因爲船來品窗簾料子缺貨，這樣整大疋用上去，又還要對花，確是豪舉。人像映在那大人國的鳳尾草上，更顯得他矮小。穿著灰色西裝，生得蒼白清秀，前面頭髮微禿，褪出一隻奇長的花尖；鼻子長長的，有點『鼠相』，據說也是主貴的。

『馬太太你這隻克拉——三克拉？前天那品芬又來過了，有隻五克拉的，光頭還不及你這隻。』易太太說。

馬太太道：『都說品芬的東西比外頭店家好嘛！』

易太太道：『掮客送上門來不過好在方便，又可以留著多看幾天。品芬的東西有時候倒是外頭沒有的。上次那隻火油鑽，不肯買給我。』說著白了易先生一眼。『現在該要多少錢了？火油鑽沒毛病的，漲到十幾兩、幾十兩金子一克拉，品芬還說火油鑽粉紅鑽都是有價無市。』

易先生笑道：『你那隻火油鑽十幾克拉，又不是鴿子蛋，「鑽石」嘿，也是石頭，戴在手上牌都打不動了。』

牌桌上的確是戒指展覽會，佳芝想。只有她沒有鑽戒，戴來戴去這隻翡翠的，早知不戴了，叫人見笑——正都看不得她。

易太太道：『不買還要聽你這些話！』說著打出一張五筒，馬太太對面的黑斗篷啪啦啦攤下牌來，頓時一片笑嘆怨尤聲，方剪斷話鋒。

大家算胡了，易先生乘亂裏向佳芝把下頦朝門口略偏了偏。

她立即瞥了兩個黑斗篷一眼。還好，不像有人注意到。她賠出籌碼，拿起茶杯來喝了一口，忽道：『該死我這記性！約了三點鐘談生意，會忘得乾乾淨淨。怎麼辦，易先生替我打兩圈，馬上回來。』

易太太叫將起來道：『不行！哪有這樣的？早又不說。不作興的。』

『我還正想著手風轉了。』剛胡了一牌的黑斗篷呻吟著說。

『除非找廖太太來。去打個電話給廖太太。』易太太又向佳芝道：『等來了再走。』

『易先生先替我打著。』佳芝看了看手錶。『已經晚了，約了個掮客吃咖啡。』

『我今天有點事，過天陪你們打通宵。』易先生說。

『這王佳芝最壞了！』易太太喜歡連名帶姓叫她王佳芝，像同學的稱呼。『這回非要罰你。請客請客！』

『哪有行客請坐客的？』馬太太說。『麥太太到上海來是客。』

『易太太都說了。要你護著！』另一個黑斗篷說。

她們取笑湊趣也要留神，雖然易太太的年紀做她母親綽綽有餘，她們從來不說認乾女兒的話。在易太太這年紀，正有點搖擺不定，又要像老太太們喜歡有年輕漂亮的女性簇擁著，衆星捧月一般，又要吃醋。

『好好，今天晚上請客，』佳芝說。『易先生替我打著，不然晚上請客沒有你。』

『易先生幫幫忙，幫幫忙！三缺一傷陰隲的。先打著，馬太太這就去打電話找搭子。』

『我是眞有點事，』說起正事，他馬上聲音一低，只咕噥了一聲。『待會還有人來。』

『我就知道易先生不會有工夫，』馬太太說。

是馬太太話裏有話，還是她神經過敏？佳芝心裏想。看他笑嘻嘻的神氣，也甚至於馬太太這話還帶點討好的意味，知道他想人知道，恨不得要人家取笑他兩句。也難說，再深沉的人，有時候也會得意忘形起來。

這太危險了。今天再不成功，再拖下去要給易太太知道了。

她還在跟易太太討價還價，他已經走開了。她費盡唇舌才得脫身，回到自己臥室裏，也沒換衣服，匆匆收拾了一下，女傭已經來回說車在門口等著。她乘易家的汽車出去，吩咐司機開到一家咖啡館，下了車便打發他回去。

時間還早，咖啡館沒什麼人，點著一對對杏子紅百褶綢罩壁燈，地方很大，都是小圓桌子、暗花細白麻布桌布，保守性的餐廳模樣。她到櫃台上去打電話，鈴聲響了四次就掛斷了再打，怕櫃台上的人覺得奇怪，喃喃說了聲：『可會撥錯了號碼？』是約定的暗號。這次有人接聽。

『喂？』

還好，是鄺裕民的聲音。就連這時候她也還有點怕是梁閏生，儘管他很識相，總讓別人上前。

『喂，二哥，』她用廣東話說。『這兩天家裏都好？』

『好，都好。你呢？』

『我今天去買東西，不過時間沒一定。』

『好，沒關係。反正我們等你。你現在在哪裏？』

『在霞飛路。』

『好，那麼就是這樣了。』

片刻的沉默。

『那沒什麼了？』她的手冰冷，對鄉音感到一絲溫暖與依戀。

『沒什麼了。』

『馬上就去也說不定。』

『來得及，沒問題。好，待會見。』

她掛斷了，出來叫三輪車。

今天要是不成功，可眞不能再在易家住下去了，這些太太們在旁邊虎視眈眈的。也許應當一搭上他就借個什麼藉口搬出來，他可以撥個公寓給她住，上兩次就是在公寓見面，兩次地方不同，都是英美人的房子，主人進了集中營。但是那反而更難下手了——知道他什麼時候來？要來也是忽然從天而降，不然預先約定也會臨時有事，來不成。打電話給他又難，他太太看得緊，幾個辦公處大概都安插得有耳目。便沒有，只要有人知道就會壞事，打小報告討好他太太的人太多。不去找他，他甚至於可以一次都不來，據說這樣的事也有過，公寓就算是臨別贈品。他是實在誘惑太多，顧不過來，一個眼不見，就會丟在腦後。還非得釘著他，簡直需要提溜著兩隻乳房在他跟前晃。

『兩年前也還沒有這樣噻，』他捫著吻著她的時候輕聲說。

他頭偎在她胸前，沒看見她臉上一紅。

就連現在想起來，也還像給針扎了一下，馬上看見那些人可憎的眼光打量著她，帶著點會心的微笑，連鄺裕民在內。只有梁閏生佯佯不睬，裝作沒注意她這兩年胸部越來越高。演過不止一回的一小場戲，一出現在眼前立刻被她趕走了。

到公共租界很有一截子路。三輪車踏到靜安寺路西摩路口，她叫在路角一家小咖啡館前停下。萬一他的車先到，看看路邊，只有再過去點停著個木炭汽車。

這家大概主要靠門市外賣，只裝著寥寥幾個卡位，雖然陰暗，情調毫無。靠裏有個冷氣玻璃櫃台裝著各色西點，後面一個狹小的甬道燈點得雪亮，照出裏面的牆壁下半截漆成咖啡色，亮晶晶的凸凹不平；一隻小冰箱旁邊掛著白號衣，上面近房頂成排掛著西崽脫換下來的線呢長夾袍，估衣鋪一般。

她聽他說，這是天津起士林的一個號西崽出來開的。想必他揀中這一家就是爲了不會碰見熟人，又門臨交通要道，眞是碰見人也沒關係，不比偏僻的地段使人疑心，像是有瞞人的事。

面前一杯咖啡已經冰涼了，車子還沒來。上次接了她去，又還在公寓裏等了快一個鐘頭他才到。說中國人不守時刻，到了官場才登峯造極了。再照這樣等下去，去買東西店都要打烊了。

是他自己說的：『我們今天値得紀念。這要買個戒指，你自己揀。今天晚了，不然我陪你去。』那是第一次在外面見面。第二次時間更侷促，就沒提起。當然不會就此算了，但是如果今天沒想起來，倒要她去繞著彎子提醒他，豈不太失身分，殺風景？換了另一個男人，當然是這情形。他這樣的老奸巨猾，決不會認爲她這麼個少奶奶會看上一個四五十歲的矮子。不是爲錢反而可疑。而且首飾向來是女太太們的一個弱點。她不是出來跑單幫嗎？順便撈點外快也在情理之中。他自己是搞特工的，不起疑也都狡兔三窟，務必叫人捉摸不定。她需要取信於他，因爲迄今是在他指定的地點會面，現在要他同去她指定的地方。

上次車子來接她，倒是準時到的。今天等這麼久，想必是他自己來接。倒也好，不然在公寓裏見面，一到了那裏，再出來就又難了。除非本來預備在那裏吃晚飯，鬧到半夜才走——但是就連第一次也沒在那吃飯。自然要多躭擱一會，出去了就不回來了。怕店打烊，要急死人了，又不能催他快著點，像妓女一樣。

她取出粉鏡子來照了照，補了點粉。遲到也不一定是他自己來。還不是新鮮勁一過，不拿她當樁事了。今天不成功，以後也許不會再有機會了。

她又看了看錶。一種失敗的預感，像絲襪上一道裂痕，陰涼的在腿肚子上悄悄往上爬。

斜對面卡位上有個中裝男子很注意她。也是一個人，在那裏看報。比她來得早，不會是跟蹤她。估量不出她是什麼路道？戴的首飾是不是眞的？不大像舞女，要是演電影話劇的，又不面熟。

她倒是演過戲，現在也還是在台上賣命，不過沒人知道，出不了名。

在學校裏演的也都是慷慨激昂的愛國歷史劇。廣州淪陷前，嶺大搬到香港，也還公演過一次，上座居然還不壞。下了台她興奮得鬆弛不下來，大家吃了消夜才散，她還不肯回去，與兩個女同學乘雙層電車遊車河。樓上乘客稀少，車身搖搖晃晃在寬闊的街心走，窗外黑暗中霓虹燈的廣告，像酒後的涼風一樣醉人。

借港大的教室上課，上課下課擠得黑壓壓的挨挨蹭蹭，半天才通過，十分不便，不免有寄人籬下之感。香港一般人對國事漠不關心的態度也使人憤慨。雖然同學多數家在省城，非常近便，也有流亡學生的心情。有這麼幾個最談得來的就形成了一個小集團。汪精衞一行人到了香港，汪夫婦倆與陳公博等都是廣東人，有個副官與鄺裕民是小同鄉。鄺裕民去找他，一拉交情，打聽到不少消息。回來大家七嘴八舌，定下一條美人計，由一個女生去接近易太太——不能說是學生，大都是學生最激烈，他們有戒心。生意人家的少奶奶還差不多，尤其在香港，沒有國家思想。這角色當然由學校劇團的當家花旦擔任。

幾個人裏面只有黃磊家裏有錢，所以是他奔走籌款，租房子，借車子，借行頭。只有他會開車，因此由他充當司機。歐陽靈文去麥先生。鄺裕民算是表弟，陪著表嫂，第一次由那副官帶他們去接易太太出來買東西。鄺裕民就沒下車，車子先送他與副官各自回家——副官坐在前座——再開她們倆到中環。

易先生她見過幾次，都不過點頭招呼。這天第一次坐下來一桌打牌，她知道他不是不注意她，不過不敢冒昧。她自從十二三歲就有人追求，她有數。雖然他這時期十分小心謹慎，也實在憋狠了，蟄居無聊，心事重，又無法排遣，連酒都不敢喝，防汪公館隨時要找他有事。共事的兩對夫婦合賃了一幢舊樓，至多關起門來打打小麻將。

牌桌上提起易太太替他買的好幾套西裝料子，預備先做兩套。佳芝介紹一家服裝店，是他們的熟裁縫。『不過現在是旺季，忙著做遊客生意，能夠一拖幾個月。這樣好了，易先生幾時有空，易太太打個電話給我，我去帶他來。老主顧了，他不好意思不趕一趕。』臨走丟下她的電話號碼，易先生乘他太太送她出去，一定會抄了去，過兩天找個藉口打電話來探探口氣，在辦公時間內，麥先生不在家的時候。

那天晚上微雨，黃磊開車接她回來，一同上樓，大家都在等信。一次空前成功的演出，下了台還沒下裝，自己都覺得顧盼間光艷照人。她捨不得他們走，恨不得再到哪裏去。已經下半夜了，鄺裕民他們又不跳舞，找那種通宵營業的小館子去吃及第粥也好，在毛毛雨裏老遠一路走回來，瘋到天亮。

但是大家計議過一陣之後，都沉默下來了，偶爾有一兩個人悄聲嘰咕兩句，有時候噗嗤一笑。

那噗笑聲有點耳熟。這不是一天的事了，她知道他們早就背後討論過。

『聽他們說，這些人裏好像只有梁閏生一個人有性經驗。』賴秀金告訴她。除她之外只有賴秀金一個女生。

偏偏是梁閏生！

當然是他。只有他嫖過。

既然有犧牲的決心，就不能說不甘心便宜了他。

今天晚上，浴在舞台照明的餘輝裏，連梁閏生都不十分討厭了。大家彷彿看出來，一個個都溜了，就剩下梁閏生。於是戲繼續演下去。

也不止這一夜。但是接連幾天易先生都沒打電話來。她打電話給易太太，易太太沒精打采的，說這兩天忙，不去買東西，過天再打電話來找她。

是疑心了？發現老易有她的電話號碼？還是得到了壞消息，日本方面的？折磨了她兩星期之後，易太太歡天喜地打電話來辭行，十分抱歉走得匆忙，來不及見面了，堅邀她夫婦倆到上海來玩，多住些時暢敘一下，還要帶他們到南京去遊覽。想必總是回南京組織政府的計畫一度擱淺，所以前一向銷聲匿跡起來。

黃磊拖了一屁股的債，家裏聽見說他在香港跟一個舞女賃屋同居了，又斷絕了他的接濟，狼狽萬分。

她與梁閏生之間早就已經很僵。大家都知道她是懊悔了，也都躲著她，在一起商量的時候都不正眼看她。

『我傻。反正就是我傻，』她對自己說。

也甚至於這次大家起鬨捧她出馬的時候，就已經有人別具用心了。

她不但對梁閏生要避嫌疑，跟他們這一夥人都疏遠了，總覺得他們用好奇的異樣的眼光看她。珍珠港事變後，海路一通，都轉學到上海去了。同是淪陷區，上海還有書可唸。她沒跟他們一塊走，在上海也沒有來往。

有很久她都不確定有沒有染上什麼髒病。

在上海，倒給他們跟一個地下工作者搭上了線。一個姓吳的——想必也不是眞姓吳——一聽他們有這樣寶貴的一條路子，當然極力鼓勵他們進行。他們只好又來找她，她也義不容辭。

事實是，每次跟老易在一起都像洗了個熱水澡，把積鬱都沖掉了，因爲一切都有了個目的。

這咖啡館門口想必有人望風，看見他在汽車裏，就會去通知一切提前。剛才來的時候倒沒看見有人在附近逗留。橫街對面的平安戲院最理想了，廊柱下的陰影中有掩蔽，戲院門口等人又名正言順，不過門前的場地太空曠，距離太遠，看不清楚汽車裏的人。

有個送貨的單車，停在隔壁外國人開的皮貨店門口，彷彿車壞了，在檢視修理。剃小平頭，約有三十來歲，低著頭，看不清楚，但顯然不是熟人。她覺得不會是接應的車子。有些話他們不告訴她她也不問，但是聽上去還是他們原班人馬。——有那個吳幫忙，也說不定搞得到汽車。那輛出差汽車要是還停在那裏，也許就是接應的，司機那就是黃磊了。她剛才來的時候車子背對著她，看不見司機。

吳大概還是不大信任他們，怕他們太嫩，會出亂子帶累人。他不見得一個人單槍匹馬在上海，但是始終就是他一個人跟鄺裕民聯絡。

許了吸收他們進組織。大概這次算是個考驗。

『他們都是差不多鎗口貼在人身上開鎗的，哪像電影裏隔得老遠瞄準。』鄺裕民有一次笑著告訴她。

大概也是叫她安心的話，不會亂鎗之下殃及池魚，不打死也成了殘廢，還不如死了。

這時候事到臨頭，又是一種滋味。

上場慌，一上去就好了。

等最難熬。男人還可以抽烟。虛飄飄空撈撈的，簡直不知道身在何所。她打開手提袋，取出一小瓶香水，玻璃瓶塞連著一根小玻璃棍子，蘸了香水在耳垂背後一抹。微涼有棱，一片空茫中只有這點接觸。再抹那邊耳朵底下，半晌才聞見短短一縷梔子花香。

脫下大衣，肘彎裏面也搽了香水，還沒來得及再穿上，隔著櫥窗裏的白色三層結婚蛋糕木製模型，已見一輛汽車開過來，一望而知是他的車，背後沒馱著那不雅觀的燒木炭的板箱。

她揀起大衣手提袋，挽在臂上走出去。司機已經下車代開車門。易先生坐在靠裏那邊。

『來晚了，來晚了！』他呵著腰喃喃說著，作為道歉。

她只睃了他一眼。上了車，司機回到前座，他告訴他『福開森路。』那是他們上次去的公寓。

『先到這兒有片店，』她低聲向他說，『我耳環上掉了顆小鑽，要拿去修。就在這兒，不然剛才走走過去就是了，又怕你來了找不到人，坐那兒傻等，等這半天。』

他笑道：『對不起對不起，今天眞來晚了——已經出來了，又來了兩個人，又不能不見。』說著便探身向司機道：『先回到剛才那兒。』早開過了一條街。

她噘著嘴喃喃說道：『見一面這麼麻煩，住你們那兒又一句話都不能說——我回香港去了，託你買張好點的船票總行？』

『要回去了？想小麥了？』

『什麼小麥大麥，還要提這個人——氣都氣死了！』

她說過她是報復丈夫玩舞女。

一坐定下來，他就抱著胳膊，一隻肘彎正抵在她乳房最肥滿的南半球外緣。這是他的慣技，表面上端坐，暗中却在蝕骨銷魂，一陣陣麻上來。

她一扭身伏在車窗上往外看，免得又開過了。車到下一個十字路口方才大轉彎折回，又一個U形大轉彎，從義利餅乾行過街到平安戲院，全市唯一的一個清潔的二輪電影院，灰紅暗黃二色磚砌的門面，有一種針織粗呢的溫暖感，整個建築圓圓的朝裏凹，成爲一鈎新月切過路角，門前十分寬敞。對面就是剛才那家凱司令咖啡館，然後西伯利亞皮貨店，綠屋夫人時裝店，並排兩家四個大橱窗，華貴的木製模特兒在霓虹燈後擺出各種姿態。隔壁一家小店一比更不起眼，橱窗裏空無一物，招牌上雖有英文『珠寶商』字樣，也看不出是珠寶店。

他轉告司機停下，下了車跟在她後面進去。她穿著高跟鞋比他高半個頭。不然也就不穿這麼高的跟了，他顯然並不介意。她發現大個子往往喜歡嬌小玲瓏的女人，倒是矮小的男人喜歡女人高些，也許是一種補償的心理。知道他在看，更軟洋洋的凹著腰。腰細，宛若游龍游進玻璃門。

一個穿西裝的印度店員上前招呼。店堂雖小，倒也高爽敞亮，只是雪洞似的光塌塌一無所有，靠裏設著唯一的短短一隻玻璃櫃台，陳列著一些『誕辰石』——按照生日月份，戴了運氣好的，黃石英之類的『半寶石』，紅藍寶都是寶石粉製的。

她在手提袋裏取出一隻梨形紅寶石耳墜子，上面碎鑽拼成的葉子丟了一粒鑽。

『可以配，』那印度人看了說。

她問了多少錢，幾時有，易先生便道：『問他有沒有好點的戒指。』他是留日的，英文不肯說，總是端著官架子等人翻譯。

她頓了頓方道：『幹什麼？』

他笑道：『我們不是要買個戒指做紀念嗎？就是鑽戒好不好？要好點的。』

她又頓了頓，拿他無可奈何的笑了。『有沒有鑽戒？』她輕聲問。

那印度人一揚臉，朝上發聲喊，嘰哩哇啦想是印度話，倒嚇了他們一跳，隨即引路上樓。隔斷店堂後身的板壁漆奶油色，靠邊有個門，門口就是黑洞洞的小樓梯。辦公室在兩層樓之間的一個閣樓上，是個淺淺的陽台，俯瞰店堂，便於監督。一進門左首牆上掛著長短不齊兩隻鏡子，鏡面畫著五彩花鳥，金字題款：『**鵬程萬里　巴達先生開業誌喜　陳茂坤敬賀**』，都是人送的。還有一隻橫額式大鏡，上畫彩鳳牡丹。閣樓屋頂坡斜，板壁上沒處掛，倚在牆跟。前面沿著烏木欄杆放著張書桌，桌上有電話，點著檯燈。旁邊有隻茶几擱打字機，罩著舊漆布套子。一個矮胖的印度人從圈椅上站起來招呼，代挪椅子；一張蒼黑的大臉，獅子鼻。『你們要看鑽戒。坐下，坐下。』他慢吞吞腆著肚子走向屋隅，俯身去開一隻古舊的綠氈面小矮保險箱。

這哪像個珠寶店的氣派？易先生面不改色，佳芝倒眞有點不好意思。聽說現在有些店不過是個幌子，就靠囤積或是做黑市金鈔。吳選中這爿店總是爲了地段，離凱司令又近。剛才上樓的時候她倒是想著，下去的時候眞是甕中捉鼈——他又紳士派，在樓梯上走在她前面，一踏進店堂，旁邊就是櫃台，櫃台前的兩個顧客正好攔住去路。不過兩個大男人選購廉價寶石袖釦領針，與送女朋友的小禮物，不能斟酌過久，不像女人磨菇。要扣準時間，不能進來得太早。也不能在外面徘徊——他的司機坐在車子裏，會起疑。要一進來就進來，頂多在皮貨店看看橱窗，在車子背後好兩丈外，隔了一家門面。

她坐在書桌邊，忍不住回過頭去望了望樓下，只看得見橱窗，玻璃槅架都空著，窗明几淨，連霓虹光管都沒裝，窗外人行道邊停著汽車，看得見車身下緣。

兩個男人一塊來買東西，也許有點觸目，不但可能引起司機的注意，甚至於他在閣樓上看見了也犯疑心，俄延著不下來。略一僵持就不對了。想必他們不會進來，還是在門口攔截。那就更難扣準時間了，又不能跑過來，跑步聲馬上會喚起司機的注意。——只帶一個司機，可能兼任保鏢。

也許兩個人分佈兩邊，一個帶著賴秀金在貼隔壁綠屋夫人門前看櫥窗。女孩子看中了買不起的時裝，那是隨便站多久都行。男朋友等得不耐煩，儘可以背著櫥窗東張西望。

這些她也都模糊的想到過，明知不關她事，不要她管。這時候因爲不知道下一步怎樣，在這小樓上難免覺得是高坐在火藥桶上，馬上就要給炸飛了，兩條腿都有點虛軟。

那店員已經下去了。

東家夥計一黑一白，不像父子。白臉的一臉兜腮青鬍子渣，厚眼瞼睡沉沉半闔著，個子也不高，却十分壯碩，看來是個兩用的店夥兼警衛。櫃台位置這麼後，櫥窗又空空如也，想必是白天也怕搶——晚上有鐵條拉門。那也還有點値錢的東西？就怕不過是黃金美鈔銀洋。

却見那店主取出一隻尺來長的黑絲絨板，一端略小些，上面一個個縫眼嵌滿鑽戒。她伏在桌上看，易先生在她旁邊也湊近了些來看。

那店主見他二人毫無反應，也沒摘下一隻來看看，便又送回保險箱道：『我還有這隻。』這隻裝在深藍絲絨小盒子裏，是粉紅鑽石，有豌豆大。

不是說粉紅鑽也是有價無市？她怔了怔，不禁如釋重負。看不出這爿店，總算替她爭回了面子，不然把他帶到這麼個破地方來——敲竹槓又不在行，小廣東到上海，成了『大鄉里』。其實，馬上鎗聲一響，眼前這一切都粉碎了，還有什麼面子不面子？明知如此，心裏不信，因爲全神在抗拒著，第一是不敢朝這上面去想，深恐神色有異，被他看出來。

她拿起那隻戒指，他只就她手中看了看，輕聲笑道：『噯，這隻好像好點。』

她腦後有點寒颼颼的，樓下兩邊櫥窗，中嵌玻璃門，一片晶澈，在她背後展開，就像有兩層樓高的落地大窗，隨時都可以爆破。一方面這小店睡沉沉的，只隱隱聽見市聲——戰時街上不大有汽車，難得揿聲喇叭。那沉酣的空氣溫暖的重壓，像棉被摀在臉上。有半個她在熟睡，身在夢中，知道馬上就要出事了，又恍惚知道不過是個夢。

她把戒指就著檯燈的光翻來覆去細看。在這幽暗的陽台上，背後明亮的櫥窗與玻璃門是銀幕，在放映一張黑白動作片，她不忍看一個流血場面，或是間諜受刑訊，更觸目驚心，她小時候也就怕看，會在樓座前排掉過身來背對著樓下。

『六克拉。戴上試試。』那店主說。

他這安逸的小鷹巢值得留戀。牆跟斜倚著的大鏡子照著她的腳，踏在牡丹花叢中。是天方夜譚裏的市場，才會無意中發現奇珍異寶。她把那粉紅鑽戒戴在手上側過來側過去的看，與她玫瑰紅的指甲油一比，其實不過微紅，也不太大，但是光頭極足，亮閃閃的，異星一樣，紅得有種神祕感。可惜不過是舞台上的小道具，而且只用這麼一會工夫，使人感到惆悵。

『這隻怎麼樣？』易先生又說。

『你看呢？』

『我外行。你喜歡就是了。』

『六克拉。不知道有沒有毛病，我是看不出來。』

他們只管自己細聲談笑。她是內地學校出身，雖然廣州開商埠最早，並不像香港的書院注重英文。她不得不說英語的時候總是聲音極低。這印度老闆見言語不太通，把生意經都免了。三言兩語就講妥價錢，十一根大條子，明天送來，份量不足照補，多了找還。

只有一千零一夜裏才有這樣的事。用金子，也是天方夜譚裏的事。

太快了她又有點擔心。他們大概想不到出來得這麼快。她從舞台經驗上知道，就是台詞佔的時間最多。

『要他開個單子吧？』她說。想必明天總是預備派人來，送條子領貨。

店主已經在開單據。戒指也脫下來還了他。

不免感到成交後的輕鬆，兩人並坐著，都往後靠了靠。這一剎那間彷彿只有他們倆在一起。

她輕聲笑道：『現在都是條子。連定錢都不要。』

『還好不要，我出來從來不帶錢。』

她跟他們混了這些時，也知道總是副官付賬，特權階級從來不自己口袋裏掏錢的。今天出來當然沒帶副官，爲了保密。

英文有這話：『權勢是一種春藥。』對不對她不知道。她是完全被動的。又有這句諺語：『到男人心裏去的路通到胃。』是說男人好吃，碰上會做菜款待他們的女人，容易上鉤。於是就有人說：『到女人心裏的路通過陰道。』據說是民國初年精通英文的那位名學者說的，名字她叫不出，就曉得他替中國人多妻辯護的那句名言：『只有一隻茶壺幾隻茶杯，哪有一隻茶壺一隻茶杯的？』

至於什麼女人的心，她就不信名學者說得出那樣下作的話。她也不相信那話。除非是說老了倒貼的風塵女人，或是風流寡婦。像她自己，不是本來討厭梁閏生，只有更討厭他？當然那也許不同。梁閏生一直討人嫌慣了，沒自信心，而且一向見了她自慚形穢，有點怕她。

那，難道她有點愛上了老易？她不信，但是也無法斬釘截鐵的說不是，因為沒戀愛過，不知道怎麼樣就算是愛上了。從十五六歲起她就只顧忙著抵擋各方面來的攻勢，這樣的女孩子不太容易墜入愛河，抵抗力太强了。有一陣子她以為她可能會喜歡鄺裕民，結果後來恨他，恨他跟那些別人一樣。

跟老易在一起那兩次總是那麼提心吊膽，要處處留神，哪還去問自己覺得怎樣。回到他家裏，又是風聲鶴唳，一夕數驚。他們睡得晚，好容易回到自己房間裏，就夠忙著吃顆安眠藥，好好的睡一覺了。鄺裕民給了她一小瓶，叫她最好不要吃，萬一上午有什麼事發生，需要腦子淸醒點。但是不吃就睡不著，她從來不鬧失眠症的人。

只有現在，緊張得拉長到永恆的這一刹那間，這室內小陽台上一燈熒然，映襯著樓下門窗上一片白色的天空。有這印度人在旁邊，只有更覺是他們倆在燈下單獨相對，又密切又拘束，還從來沒有過。但是就連此刻她也再也不會想到她愛不愛他，而是——

他不在看她，臉上的微笑有點悲哀。本來以爲想不到中年以後還有這樣的奇遇。當然也是權勢的魔力。那倒還猶可，他的權力與他本人多少是分不開的。對女人，禮也是非送不可的，不過送早了就像是看不起她。明知是這麼回事，不讓他自我陶醉一下，不免憮然。

陪歡場女子買東西，他是老手了，只一旁隨侍，總使人不注意他。此刻的微笑也絲毫不帶諷刺性，不過有點悲哀。他的側影迎著檯燈，目光下視，睫毛像米色的蛾翅，歇落在瘦瘦的面頰上，在她看來是一種溫柔憐惜的神氣。

這個人是眞愛我的，她突然想，心下轟然一聲，若有所失。

太晚了。

店主把單據遞給他，他往身上一揣。

『快走，』她低聲說。

他臉上一呆，但是立刻明白了，跳起來奪門而出，門口雖然沒人，需要一把抓住門框，因爲一踏出去馬上要抓住樓梯扶手，樓梯既窄又黑魆魆的。她聽見他連蹓帶跑，三腳兩步下去，梯級上不規則的咕咚嘁嚓聲。

太晚了。她知道太晚了。

店主怔住了。她也知道他們形跡可疑，只好坐著不動，只別過身去看樓下。漆布磚上噠噠一陣皮鞋聲，他已經衝入視線內，一推門，砲彈似的直射出去。店員緊跟在後面出現，她正擔心這保鏢身坯的印度人會拉拉扯扯，問是怎麼回事，躭擱幾秒鐘也會誤事，但是大概看在那官方汽車份上，並沒攔阻，只站在門口觀望，剪影虎背熊腰堵住了門。只聽見汽車吱的一聲尖叫，彷彿直聳起來，砰！關上車門——還是鎗聲？——橫衝直撞開走了。

放鎗似乎不會只放一鎗。

她定了定神。沒聽見鎗聲。

一鬆了口氣，她渾身疲軟像生了場大病一樣，支撐著拿起大衣手提袋站起來，點點頭笑道：『明天。』又低聲喃喃說道：『他忘了有點事，趕時間，先走了。』

店主倒已經扣上獨目顯微鏡，旋準了度數，看過這隻戒指沒掉包，方才微笑起身相送。也不怪他疑心。剛才講價錢的時候太爽快了也是一個原因。

她匆匆下樓，那店員見她也下來了，頓了頓沒說什麼。她在門口卻聽見裏面樓上樓下喊話。門口剛巧沒有三輪車。她向西摩路那頭走去。執行的人與接應的一定都跑了，見他這樣一個人倉皇跑出來上車逃走，當然知道事情敗露了。她仍舊惴惴，萬一有後門把風的不接頭，還在這附近。其實撞見了又怎樣？疑心她就不會走上前來質問她。就是疑心，也不會不問青紅皂白就把她執行了。

她有點詫異天還沒黑，彷彿在裏面不知待了多少時候。人行道上熙來攘往，馬路上一輛輛三輪馳過，就是沒有空車。車如流水，與路上行人都跟她隔著層玻璃，就像櫥窗裏展覽皮大衣與蝙蝠袖爛銀衣裙的木美人一樣可望而不可即，也跟她們一樣閒適自如，只有她一個人心慌意亂關在外面。

小心不要背後來輛木炭汽車，一煞車開了車門，伸出手來把她拖上車去。

平安戲院前面的場地空蕩蕩的，不是散場時間，也沒有三輪車聚集。她正躊躇間，腳步慢了下來，一回頭却見對街冉冉來了一輛，老遠的就看見把手上拴著一隻紙紮紅綠白三色小風車。車夫是個高個子年輕人，在這當口簡直是個白馬騎士，見她揮手叫，踏快了大轉彎過街，一加速，那小風車便團團飛轉起來。

『愚園路，』她上了車說。

幸虧這次在上海跟他們這夥人見面次數少，沒跟他們提起有個親戚住在愚園路。可以去住幾天，看看風色再說。

三輪車還沒有到靜安寺，她聽見吹哨子。

『封鎖了。』車夫說。

一個穿短打的中年人一手牽著根長繩子過街，嘴裏還啣著哨子。對街一個穿短打的握著繩子另一頭，拉直了攔斷了街。有人在沒精打采的搖鈴。馬路闊，薄薄的洋鐵皮似的鈴聲在半空中載沉載浮，不傳過來，聽上去很遠。

三輪車夫不服氣，直踏到封鎖線上才停住了，焦躁的把小風車擰了一下，擰得它又轉動起來，回過頭來向她笑笑。

牌桌上現在有三個黑斗篷對坐。新來的一個廖太太鼻梁上有幾點俏白麻子。馬太太笑道：『易先生回來了。』

『看這王佳芝，拆濫污，還說請客，這時候還不回來！』易太太說。『等她請客好了！——等到這時候還沒吃飯，肚子都要餓穿了！』

廖太太笑道：『易先生你太太手氣好，說好了明天請客。』

馬太太笑道：『易先生你太太不像你說話不算話，上次贏了不是答應請客，到現在還是空頭支票，好意思的？想吃你一頓眞不容易。』

『易先生是該請請我們了，我們請你是請不到的。』另一個黑斗篷說。

他只是微笑。女傭倒了茶來，他在茶杯碟子裏磕了磕烟灰，看了牆上的厚呢窗簾一眼。把整個牆都蓋住了，可以躱多少刺客？他還有點心驚肉跳的。

明天記著叫他們把簾子拆了。不過他太太一定不肯，這麼貴的東西，怎麼肯白擱著不用？

都是她不好——這次的事不都怪她交友不愼？想想實在不能不感到驚異，這美人局兩年前在香港已經發動了，佈置得這樣周密，却被美人臨時變計放走了他。她還是眞愛他的，是他生平第一個紅粉知己。想不到中年以後還有這番遇合。

不然他可以把她留在身邊。『特務不分家』，不是有這句話？況且她不過是個學生。他們那夥人裏只有一個重慶特務，給他逃走了，是此役唯一的缺憾。大概是在平安戲院看了一半戲出來，行刺失風後再回戲院，封鎖的時候查起來有票根，混過了關。跟他一塊等著下手的一個小子看見他掏香烟掏出票根來，仍舊收好。預先講好了，接應的車子不要管他，想必總是一個人溜回電影院了。那些渾小子禁不起訊問，吃了點苦頭全都說了。

易先生站在他太太背後看牌，揿滅了香烟，抿了口茶，還太燙。早點睡——太累了一時鬆弛不下來，睡意毫無。今天眞累著了，一直坐在電話旁邊等信，連晚飯都沒有好好的吃。他一脫險馬上一個電話打去，把那一帶都封鎖起來，一網打盡，不到晚上十點鐘統統鎗斃了。

她臨終一定恨他。不過『無毒不丈夫。』不是這樣的男子漢，她也不會愛他。

當然他也是不得已。日軍憲兵隊還在其次，周佛海自己也搞特工，視內政部爲駢枝機關，正對他十分注目。一旦發現易公館的上賓竟是刺客的眼線，成什麼話，情報工作的首腦，這麼糊塗還行？

現在不怕周找碴子了。如果說他殺之滅口，他也理直氣壯：不過是些學生，不像特務還可以留著慢慢的逼供，榨取情報。拖下去，外間知道的人多了，講起來又是愛國的大學生暗殺漢奸，影響不好。

他對戰局並不樂觀。知道他將來怎樣？得一知己，死而無憾。他覺得她的影子會永遠依傍他，安慰他。雖然她恨他，她最後對他的感情強烈到是什麼感情都不相干了，只是有感情。他們是原始的獵人與獵物的關係，虎與倀的關係，最終極的佔有。她這才生是他的人，死是他的鬼。

『易先生請客請客！』三個黑斗篷越鬧越兇，嚷成一片。『那回明明答應的！』

易太太笑道：『馬太太不也答應請客，幾天沒來就不提了。』

馬太太笑道：『太太來救駕了！易先生太太心疼你。』

『易先生到底請是不請？』

馬太太望著他一笑。『易先生是該請客了。』她知道他曉得她是指納寵請酒。今天兩人雙雙失踪，女的三更半夜還沒回來。他回來了又有點精神恍惚的樣子，臉上又憋不住的喜氣洋洋，帶三分春色。看來還是第一次上手。

他提醒自己，要記得告訴他太太說話小心點：她那個『麥太』是家裏有急事，趕回香港去了。都是她引狼入室，住進來不久他就有情報，認爲可疑，派人跟踪，發現一個重慶間諜網，正在調查，又得到消息說憲兵隊也風聞，因此不得不提前行動，不然不但被別人冒了功去，查出是走他太太的路子，也於他有礙。好好的嚇唬嚇唬她，免得以後聽見馬太太搬嘴，又要跟他鬧。

『易先生請客請客！太太代表不算。』

『太太歸太太的，說好了明天請。』

『曉得易先生是忙人，你說哪天有空吧，過了明天哪天都好。』

『請客請客，請吃來喜飯店。』

『來喜飯店就是吃個拼盆。』

『嗳，德國菜有什麼好吃的？就是個冷盆。還是湖南菜，換換口味。』

『還是蜀腴——昨天馬太太沒去。』

『我說還是九如，好久沒去了。』

『那天楊太太請客不是九如？』

『那天沒有廖太太，廖太太是湖南人，我們不會點菜。』

『吃來吃去四川菜湖南菜，都辣死了！』

『告訴他不吃辣的好了。』

『不吃辣的怎麼胡得出辣子？』

喧笑聲中，他悄然走了出去。

浮花浪蕊

這隻貨輪特別小，二等艙倒也有一溜三四間艙房，也沒有上下鋪，就是薄薄一隻墨綠皮沙發，牆上還裝著白銅小臉盆，冷熱水管。西崽穿白長衫，只有三尺之童高，年紀也不小了，把一隻鑲鐵大板箱豎在地下連抱帶推，弄了進來，再去一一拎皮箱，不聲不響的，大概是廣東人。洛貞很不過意，又有點奇怪，這小老西崽爲什麼低眉順眼的，一副必恭必敬的神氣。她穿得也並不講究，半舊魚肚白織錦緞襖，鐵灰法蘭絨西裝袴，挽著大衣手提袋外，還自己拎隻舊打字機。她遲疑了一下，看來一路都是他伺候，下船的時候一併給小費，多給點就是了，因此只謝了一聲。他也會意，點了點頭，便溜了出去。

她一個人在艙中歸著行李，方始恍然，看見箱子上全貼著花花綠綠的各國郵船招紙，一望而知曾經周遊列國。都是姐姐的舊箱子。洛貞是家鄉話所謂『老漢女兒』，跟姐姐相差一二十歲，中間兩個哥哥都沒養大，她中學時代早已父母雙亡，連大學都沒進，不要說留學了。

晚上就睡在沙發上？掀了掀皮坐墊，原來是活動的床板，一掀開來，下面三四寸長的大蟑螂亂爬，嚇得連忙蓋上。想必拖開床板就是雙人床。好在用不著，只默禱它們不出來。這家小挪威船公司專跑日本香港泰國，熱帶的蟑螂眞大。

外面有人聲。她在門口有意無意的張了張，未便多看，彷彿是一對中年男女，女的戴著那種可著頭的小呢帽，帽沿有點假花什麼的，還是三〇甚至二〇年間流行的。兩人都灰撲撲的，不知是什麼邊遠地區的外國人，說的倒像是英語。

他們正在看著行李搬進房去，跟她不是貼隔壁。她希望就快開船了——貨船是不守時的——不再有人來，清靜點。

南中國海上的貨輪，古怪的貨船乘客，一九二〇、三〇的氣氛，以至於那恭順的老西崽——這是毛姆的國土。出了大陸，怎麼走進毛姆的領域？有怪異之感。恍惚通過一個旅館甬道，保養得很好的舊樓，地毯吃沒了足音，靜悄悄的密不通風——時間旅行的圓筒形隧道，腳下滑溜溜的不好走，走著有些腳軟。羅湖的橋也有屋頂，粗糙的木板牆上，隔一截路挖出一隻小窗洞，開在一人高之上，使人看不見外面，因陋就簡現搭的。大概屋頂與地板是原有的，漆暗紅褐色。細窄橫條橋板，幾十年來快磨白了，溫潤的舊木略有彈性，她拎著兩隻笨重的皮箱，一步一磕一碰，心慌意亂中也像是踩著一軟一軟。橋身寬，屋頂又高，屋樑上隔老遠才安著個小電燈，又沒多少天光漏進來，暗昏昏的走著也沒數，不可能是這麼個長橋——不過是邊界上一條小河——還是小湖？羅湖。

橋堍有一羣挑夫守候著。過了橋就是出境了，但是她那腳夫顯然認爲還不夠安全，忽然撒腿飛奔起來，倒嚇了她一大跳，以爲碰上了路劫，也只好跟著跑，緊追不捨。是個小老頭子，竟一手提著兩隻箱子，一手携著扁擔，狂奔穿過一大片野地，半禿的綠茵起伏，露出香港的乾紅土來，一直跑到小坡上兩棵大樹下，方放下箱子坐在地下歇腳，笑道：『好了！這不要緊了。』

廣東人有時候有這種清瘦的臉，高顴骨，人瘦毛長，眉毛根根直豎披拂，像古畫上的人物。不知道怎麼忽然童心大發起來，分享顧客脫逃的經驗，也不知是親眼見過有人過了橋還給逮回去。言語不大通，洛貞也無法問他。天熱，跑累了便也坐下來，在樹蔭下休息，眺望著來路微笑，滿耳蟬聲，十分興奮喜悅。同車的旅客押著行李，也都陸續來了，有的也在樹下坐一會。

老腳夫注意到她有隻舊皮箱蹦開了，鎖不上，便找出根麻繩來，給它攔腰捆上兩三道。她謝了又謝，要多給點錢，他直搖手不肯要。

到廣州的火車上她乘硬蓆，照蘇俄制度，臥舖男女不分。上舖彷彿有掩蔽些，但在車頂上徹夜燈光雪亮，正照在上舖上。和衣而臥，她只要手一碰到衣鈕，狹窄的過道對面舖位上男子的眼光就直射過來。下舖一個年輕的女人穿洋服，打著兩根辮子，蹺著腿躺著看畫報，唱著中共歌曲。左派還要到香港去幹什麼？洛貞天眞的想著。

到廣州換車，在旅館過夜，是一幢破舊的老洋房，也無所謂單人房，都極大，屋頂有二層樓高。廣州大概因爲開埠最早，又沒大拆建，獨多這種老洋房，熱帶英殖民地的氣息很濃。天還沒黑，她想出去走走。一上街，陽光亮得耀眼——這哪是夕陽？馬路倒寬，舊了有點坑坑窪窪，沒什麼車輛來往，街心也擺吃食攤子，撐著個簡陋的平頂白布篷，倒像照片上看到的印度。

人行道上，迎面來的人撞了她一下。她先還不在意，上海近來也是這樣，青天白日，熱鬧的通衢大道上，有解放軍站崗的，都有人敢輕薄女人。一轉彎，斜陽照不到了，陡然眼前一暗，黃昏的街頭蒸籠一樣悶熱，完全是戶內，而四望無際，那麼廣闊零亂黯淡，令人感到詫異。

老遠晃著膀子來了個人，白汗衫，唐裝白布袴。她早有戒心，饒躲著讓著，還是給撞上了，正中要害。這些人像傍晚半空中成羣撲面的蚊蚋，她還捨不得錯過最後的一個機會看看廣州，橫了心還往前走。只聽一聲呼哨，大有擧族來侵之勢，才把她嚇退了，匆匆折回旅館。中國人怎麼會這樣？想必是廣東人欺生。其實她並不是個典型的上海妹，不過比本地人高大些，膚色暗黃，長長的臉有點扁，也有三分男性的俊秀，還有個長長的酒渦，倒是看不出三十歲的人；圓圓的方肩膀，胸部也還飽滿，穿件藍色密點碎白花布旗袍，衣領旣矮，又沒襯硬裏子，一望而知是大陸出來的，不是香港回來探親的廣東同鄉。

如果這不過是廣東人歧視外省人，過境揩油，上海怎麼也這樣？前一向她晚上出去給兩個孩子補課，常碰見釘梢。有一次一個四五十歲瘦長身材穿長衫的同走了幾條街，念念有詞道：『你像我認識的一個人。眞的，像極了。眞的——你看。』口袋裏摸出一張小照片來拿著給她看。一面走，照片像浮標在水中一起一落，還謹愼的保持距離，不會一不小心碰到她胸部。

她幾次中途過街都甩不掉他，相片送到她眼底有一會了，終於忍不住好奇，擡眼看了看。光滑的二吋照已經有很多縐紋了，但是一瞥間也看得出是戶外拍的，一個大美人兒，跟她一點也不像。

這一瞥使他大受鼓勵，她加速步伐，他也灑開大步跟上，沈重的線呢長袍下襬開叉，捲動起來拍打著她的腿肚子。

『一淘吃飯去。吃飯去，我告訴你她的事……。好哦？一淘吃飯去。』聲音有點心虛，反映口袋的空虛，彷彿怕她眞會答應，就連吃小館子也會下不來台。她猜是個失業的舊式寧波商店的夥計，高鼻子濃眉，一個半老小白臉。

走得急了，漸漸跟跟蹌蹌往她這邊倒過來，把她往牆上擠。

不行。剛巧前面有家電影院，門口冷冷清清沒什麼人，不過燈光比較亮。她忙趕過去往裏一鑽，在售票窗前也不敢回顧，買了票在黑暗中入場。只有後座人多些，她揀了個兩邊都有人的座位坐下。

正在演一場蘇俄短片，蘇聯土耳其斯坦的果園紀錄片，配的音響像印度音樂，大概南亞中東都是這一個系統，笛子吹得一扭一扭的，忽高忽低迴環不已，有點像哨吶，但是異國情調很濃。集體農場上有修飾得這樣齊整的黑髮美人？她採下一串葡萄，一個特寫，仰著頭微笑著，一顆顆咬下來吃。是中東的一個特點。西至義大利據說都是如此，女人嘴上的汗毛特別重，毛髮又濃黑。無情的水銀燈下，拍出來竟是兩撇小鬍子。

觀衆起初寂然，前座忽有人朗聲道：『鬍鬚這樣長，還要吃葡萄呢！』

零零落落迸發一陣鬨笑，幾乎立即制止了。

嘉寶演瑞典女王有個出名的愛情場面，也是仰臥著吃一串葡萄，似乎帶有性的象徵意味。兩三年了，上海人倒也還是這樣，洛貞想。

散場的時候，燈光一亮，赫然見那釘梢的在前三排站起來，正轉身向她望過來。大概看見她陡然變色，出來的時候他在人叢中沒再出現。

這人當然是個老手了，用相片的這一著顯然試過多次。但是沒他這一套的照樣也釘，成為一時風氣。她想是世界末日前夕的感覺。共產黨剛來的時候，小市民不知厲害，兩三年下來，有點數了。這是自己的命運交到了別人手裏之後，給在腦後掐住了脖子，一種蠢動蠕動，乘還可以這樣，就這樣。

恐懼的面容也沒有定型的，可以是千面人。

船上的西崽來請吃飯，餐室就在這一排艙房末尾一間，也不比艙房大多少。剛才上船的一男一女已經來了，大家微笑著略點了個頭。圍著一張方桌坐下。顯然二等就是他們三個人，她十分慶幸。

她最初的印象是這兩個人有點奇形怪狀，其實不過是因為二人一黃一黑，一大一小，而是男的瘦小——女的也不過胖胖的中等身材，但是男的實在三寸丁。女的現在脫了那頂二〇、三〇年代的呢帽，只是個華僑模樣的東方婦人，腦後梳個小髻，黃胖栗子臉——剝了殼的糖炒栗子。男的黑得嚇人一跳，不是黑種人的紫褐色或巧克力色，或是黑得發亮，而是炭灰色，一個蒼黑的鬼影子，使人想起『新鬼大，故鬼小。』倒是一張西式小長臉，戴眼鏡。

桌上唯一的談話是他們倆自己偶爾低聲講句英文，男的很道地，女的說不上來什麼口音，但也不是中國人的洋涇濱。男的想必是英印混血兒。洛貞第一眼就跟他有一種相互的認識——都是洋行小鬼。她行裏有雜種人，也有英籍猶太人，與猶裔英國人又大不相同——所羅門小姐雖然上海生長，進的也是當地的不列顛學校，上代大概與哈同一樣來自中東。洛貞的頂頭上司葛林就是猶裔英國人，姓氏已經縮短，『盎格羅』化了，鼻子也縮短了，小鼻子小眼睛的，淡褐色頭髮，似乎血液上也早與土著同化了，但也還是只做到相等於副理的地位。經理階級的咖哩先生因爲長得漂亮，咖哩太太分明是下嫁的，洛貞見過一兩次，生得高頭大馬，小眼睛眼梢下垂，鼻峯筆直射出去老遠，總是一身毛烘烘人字花呢套頭裝，或是騎馬的衣袴，走路有點外八字，往兩邊一歪一歪，愛馬的英國閨秀的標誌，連當今女王都是這樣。

英國規矩不興自我介絡，因此餐桌上沒有互通姓名。看來是夫婦，男的已經分門別類自動歸類了，他這位太太卻有點不倫不類，不知哪裏覓來的。想必內中有一段故事，毛姆全集裏漏掉的一篇。

飯後洛貞到甲板上散步，船頭也只一間房大小。船小，離海面又近些。連游泳都不會的人，到了海上成了廢物，可以全不負責，更覺無事一身輕。她倚在欄杆上看海，遠處有一條深紫色鲛鍊，與地平線平行，向右滾動。並排又有一條蒼藍色鲛鍊，緊挨著它往左游去。想必是海洋裏的暖流之類，想不到這樣涇渭分明。第二條大概是被潮流激出來的，也不知是否與其他的波浪同一方向，看多了頭暈。

回到艙中，她搬出打字機，打一封求職信，一抬頭，卻見一個黃頭髮青年在窗外船舷邊捲繩子。船員都是中國人，挪威人大概只有大副二副三副——如果有三副的話——聽見打字機聲，也正回過頭來看。淡黃頭髮大個子，圓臉，像二次大戰前的西方童話插圖。

『哈囉，』她說。

『哈囉。』略頓了頓方道：『來個吻吧？』

她笑著往圓窗裏一縮，自己覺得像老留學生在郵船上拍的半身照，也是穿短襖，照片親自著色，嘴唇塗紅了成為紅黑色，黑玫瑰或是月下玫瑰，一縮縮回鏡框中。

滴滴嗒嗒又打起字來。黃頭髮捲完了繩子走開了。

北歐人兩性之間很隨便，不當樁事，果然名不虛傳。

她不禁想起鈕太太那回在船上。

鈕太太是姐姐姐夫他們這一輩裏的老大姐。女人姐夫就佩服一個鈕太太。

他們剛回國的時候，姐姐有一次說笑間，肅然起敬的正色輕聲道：『鈕太太聰明。』

鈕太太娘家姓范，因此取名范妮。鈕先生的洋名，不知是哪個愛好文藝的朋友代譯為艾軍，像個左派作家的筆名，與艾蕪蕭軍排行，倒有一種預言性。家裏不放心他在國外吃不了苦，給他娶了親帶去，太太進過教會學校，學過家政科。也幸而是這穩紮穩打步步為營的辦法，讀了十多年才拿到學位，生了孩子都送回去了，太太就管照應他一個人的飲食起居，得閒招待這批朋友吃中國飯，賓至如歸。

這些人裏就只有姐夫會開車。范妮調度有方，就憑他一輛破車，人人上課下課打工度假跑唐人街都有私家車坐，皆大歡喜。不知怎麼，最後總是送一個女孩子回去，也不定是哪一個，稍有可能性的都輪到，看對不對勁。送艾軍到家，留著吃飯吃點心不算，臨走總塞一包東西在車上，連消夜帶第二天的伙食都解決了。即使不過是三明治，也比外面買的精緻。抹上自己調製的新鮮梅榮耐斯，跟買現成的瓶裝的蠟燭油味的大不相同。最後送的女孩子也有一份。

汽車接連兩次拋錨，送去修理，范妮便鬧著要學開車，出去買東西比較方便，於是跟他合夥買了輛好些的二手車，是她去講的價錢，用舊車去換，作價特別高，沒讓他花什麼錢。他開車送她去，自然在場，也聽不出她怎樣與推銷員達成默契，拿她沒辦法。當然她也知道在國外僱個司機該多貴。但是他心裏想等她自己會開車，艾軍有她接送，也不靠他了。

她學開車，去了兩次就不去了。車上裝了小火油爐子無線電，晚上可以開到風景好的地方泊車，看燈賞月，賞雪，聽音樂。姐姐姐夫就是她這樣不著痕跡的撮合成的。

他們回國後才結的婚。不久艾軍也十載寒窗期滿，夫婦相偕回上海，家中老母早已亡故，這些年一直是他哥哥當家，把產業侵佔得差不多了。

『還要一天到晚「阿哥阿哥」的，叫得來得個親熱！』范妮背後不免抱怨。

總算分了家，分到的一點房地產股票首飾，她東押西押，像財閥一樣盤弄，剜肉補瘡，長袖善舞。撐持了幾年，索性蓋起大房子來，是當時所謂流線型裝修，『丹麥現代化』的先聲。新屋落成大請客，他們家那位大師傅不但學貫中西，光是一味白汁棗子布丁，雖然不是什麼名貴的菜，本地的西餐館就吃不到，就有也不是那麼回事，更兼南拳北腿一腳踢，烤鴨子紙包鷄都來得，自製硃紅色八寸見方的紅醬肉，比陸稿薦還道地。連范妮也趕著叫他大師傅大師傅，體貼入微，不然普通住家，天天請客打牌也留不住他。也是圖個清閒，比起菜館掌廚到底輕鬆多了，等於半退休。而且菜館分華洋川揚，京菜粵菜，本地館子；顧此失彼，不免拋荒了他有些絕活。范妮朋友家裏遇有喜慶，也常把他出借，連全套器皿，又包辦採購，挑他撈筆外快。

范妮場面雖大，能省則省，兩個女兒只進了幾年小學，就留在身邊使喚，也讓她們看著學，卻穿得比內地女生還要儉樸，藍布罩袍，女傭手製的絆帶布鞋，自己納的布底——反正有兩個養老的老媽媽，別的活也幹不了——清湯掛麵的短髮，免得早熟起來不易控制。兒子也只讀到中學畢業。他們父親幾乎賠上全部遺產，讀到的學位有什麼用？這是不爭的事實。賦閒多年後，也說不得學非所用的話了，心血來潮，也跟朋友合夥開過農場，辦過染織廠，結果不過一件件衣料一盒盒鷄蛋分贈親友。萊格煥種的白色洋鷄，下的蛋也雪白，特大。衣料有粉紫鵝黃的陰丹士林布，都是外間買不到的。

他住在他們那座大宅裏，就管他自己的一頓早飯與下午茶，橘皮醬不斷檔，再就是照料他那十幾套西裝。男子服裝公認英國是世界第一，英國紳士雖然講究衣料縫工，衣不厭舊，可以穿上幾十年。艾軍在英國定做的西裝永遠看上去半新不舊，有兩件上裝還在肘彎打了大塊鹿皮補釘。一件衣服從來不接連穿一天以上——訣竅在掛，而且是寫實派厚重的闊肩木質鈎架，決不是那種鋼絲的。他又天生衣架子好，人長得像個『尖頭鰻』，瘦長條子，頭有點尖。

『男人是鈕先生最講究穿了，』洛貞向她姐姐說。

姐姐噗嗤一笑道：『你不知道他衣裳多髒。』

『哦？看不出來。』

『那種呢子耐髒。大概也是不願拿到洗衣作去，乾洗次數多了傷料子，也容易走樣。』因又笑道：『艾軍那脾氣急死人了，范妮有時候氣起來說他。』

洛貞笑道：『眞說他？』

『怎麼不說？』輕聲搖頭咋舌，又笑道：『范妮也可憐，就羨慕人家用男人的錢。』

艾軍說話慢呑呑的，打電話回來，開口便道：『呃……』一聲『呃』拖得奇長。

女兒便道：『爸爸是吧？』

『呃……』依舊猶疑不決，半晌方才猝然應了一聲『噯。』

范妮皮膚白嫩異常，眉目疎朗，面如銀盆，五官在一盆水裏漾開了，分得太開了些。回國後一直穿旗袍，洛貞看見她穿夜禮服在國外照相館裏照的相，前後都是U形挖領，露出一塊白膩的胸脯，雖然並不胖，福相的人腰圓背厚，頸背之間豐滿得幾乎微駝，在攝影師的注視下，羞答答的低著頭。很奇怪，原來她也有她稚嫩的一面。

女兒到了可以介紹朋友的年齡，有一次大請客，翻檯到北戴河去。那是要人避暑養疴的地方。因爲有海灘，可以游泳，比牯嶺更時髦。包下兩節車廂，路上連打幾天橋牌，獎品是一隻扭曲凸凹不平的巨珠拇指戒，男女都可以戴的。把兩套花園陽台用的黑鐵盤花桌椅都帶了去，免得急切間租借不到合意的。配上古拙的墨西哥黑鐵扭麻花三腳燭台，點上肥大的塑成各色仙人掌老樹根的綠蠟，在沙灘上燭光中進餐。大師傅借用海邊旅館的廚房做了菜，用餐車推到沙灘上，帶去幾隻荷蘭烤箱，佔用幾間換游泳衣的紅白條紋帆布小棚屋，有兩樣菜要熱一熱。一道道上菜之間，開著留聲機，月下泳裝擁舞。

兩個女兒都嫁得非常好。

共產黨來之前，鈕家搬到香港去。這天洛貞剛巧到他們那裏去，正出動全體人手理行李，東西攤得滿坑滿谷。是眞天翻地覆了，她惘惘的想。

『有錢就走，沒錢就不走，』她用平板的聲音對自己說，就像是到北戴河去。

『日本人的時候也過過來了。』大概不止姐姐一個人這麼說。

『在裏頭反正大家都窮。一出去了就不能不顧點面子，』姐姐說。

光是窮倒又好了，她想。

這是後來了，先也是小市民不知厲害。

姐姐姐夫也是因爲年紀不輕了，家累又重。這兩年姐夫身體壞，共產黨來了以後，就靠姐姐找了個事，給一個東歐商人當祕書翻譯。洛貞失了業就沒敢再找事，找了事就再也走不成了，要經工作單位批准。

也許因爲范妮去了香港恍如隔世，這天姐姐不知怎麼講起來的，忽然微笑輕聲道：『范妮那次回國在船上，他們跟船長一桌吃飯，晚上范妮就到船長房裏去了。』

洛貞聽著也只微笑，沒作聲。也都沒問是哪國的船，一問就彷彿減少了神祕性，不像這樣是個女鬼似的悄悄的來了，不涉及任何道德觀。

想必就去過一次，不然夫婦同住一間艙房，天天夜裏溜出來，連艾軍都會發覺。她是不肯冒這險的。在國外那麼些年，中國人的小圈子裏，這種消息傳得最快，也從來沒人說過她一句閒話。

姐姐一定一直沒告訴姐夫，不然姐夫也不會這樣佩服她了。

因爲尊重這祕密，洛貞在香港見到范妮的時候，竟會忘了有這麼回事——深藏在下意識裏，埋得太深了？也不知是因爲與她爲人太不調和，太意外了，反而無法吸收，容易忘記？

洛貞從大陸出來就直奔范妮那裏，照姐姐說的，不過囑咐過不要住在他們家，范妮現在是跟女兒女壻住。見了面她說明馬上要去找房子，范妮爽快，也只說：『那你今天總要住在這裏，我這裏剛巧有張空床。』

她看了報上分租的小廣告，圈出兩處最便宜的，范妮叫女傭帶她到街口雜貨店去打電話。她很詫異。彷彿聽說香港人口驟增，裝不到電話，但是他們來了很久，也該等到了。范妮沒有電話怎麼行，即使現在不做金子股票了，湊桌麻將都不方便。住的公寓佈置得也很馬虎。她留神臉上毫無反應，范妮倒已經覺得了，漠然不經意說了聲：

『現在都是這樣。』

『現在香港生意淸，望出去船烟囱都沒幾隻，』艾軍回上海去賣房子，也曾經告訴他們。

但是去打電話正值上燈時分，一上街只見霓虹燈流竄明滅，街燈雪亮，照得馬路上碧淸；看慣了大陸上節電，如同戰時燈火管制的『棕色黑燈』，她眼花撩亂，又驚又笑。

看了房子回來，在他們家吃晚飯，淸湯寡水的，范妮臉上訕訕的有點不好意思，當然是因爲沒添菜。但是平時她這美食家怎麼吃得慣？洛貞不禁想起台灣剛收復的時候，有人乘飛機帶了芒果到上海來送范妮，她心滿意足笑著把一籃芒果抱在胸前搖了搖，那姿態如在目前。

范妮現在雖然不管事，僱的一個廣東女傭還是叫她太太，稱她女壻女兒少爺少奶。女壻雖闊，還沒分家，錢不在他手裏。兒子跟著大姐大姐夫到巴西去了，二姐二姐夫大概也想出國。臨睡范妮帶洛貞到她房裏去。似乎還是兩個女兒小時候的兩張白漆單人床，空下的一張想必是艾軍的。

艾軍在上海住在他哥哥家，一住一年多，倒也過得慣；常買半隻醬鴨，帶到洛貞姐夫家來吃飯，知道他們現在多麼省。飯桌上洛貞聽他們談起他房子賣不掉，想回香港又拿不到出境證。家裏打電報來說他太太中風了，催他回去——本來一向有這血壓高的毛病，調查起來也不像是假話。拿著電報去給派出所看，也還是不生效。

姐姐問知他每次去都是只打個照面，問一聲有沒有發下來，翻身便走，因道：『聽人說申請出境非得要發急跟他們鬧，不然還當你心虛。』

無奈他不是發急的人，依舊心平氣和向他們夫婦娓娓訴說，倒也有條有理。走後姐姐笑道：

『艾軍現在會說話了，眞是鐵樹開花了，』又引了句『西諺有云：寧晚毋缺憾。』

他別的嗜好沒有，就喜歡跳舞。是眞喜歡跳舞，揀跳得好的舞女，不揀漂亮的。這時候舞場還照常營業，他常去一個人獨蹈。自從發現他的『第二春』，姐姐不免疑心道：『不要是迷上了個舞女了？』

范妮不在這裏，大家都覺得要對他負責。姐夫託人打聽了一下，也並沒有這事。

這一天他又來說，有個朋友拉他到一個小肥皂廠做廠長：『我想有點進項也好，不然一個人不是掛起來了嗎？』說著兩手一攤，像個愛打手勢的義大利人。

姐姐姐夫都不勸他接受，但是這年頭就連老朋友，有些話也不敢深說。

這時候對留學生還很客氣，尤其是學理化的。廠裏工人的積極份子ロロ聲聲稱他爲『大知識份子』，要跟他學習。他何嘗給人捧過，自然賣力，在他也就算『幹得熱火朝天』了。姐姐姐夫都有點看不得他，但是忽然消息傳來，他被捕了。

原因不淸楚，直到兩個月後釋放出來，才知道是因爲他有個親家在台灣有名望，他這次回上海算是來賣房子，又並沒賣，反而找事扎根住了下來，形跡可疑。

他說看守所裏七八個人睡一張床；一天吃兩頓，每人一隻洋鐵漱盂，一盂夾砂子的飯，一碗菜湯大家吃。他們也只問起裏面的生活情形，別的他不說也都不提，怕他有顧忌。

出來沒多久又進去了。洛貞去香港的時候，他已經進進出出好幾次，當然也不能再申請出境了。廠裏的事倒還做著，『讓羣衆監視他。』

洛貞也是對巡警哭了才領到出境證的。申請了不久，派出所派了兩個警察來了解情況。姐夫病著，姐姐也沒出來，讓她自己跟他們談話。她便訴說失業已久，在這裏是寄人籬下。『自己姊妹，那有什麼？』一個巡警說。兩個都是山東大漢，一望而知還是解放前的老人。她不接口，只流下淚來。不是心裏實在焦急，也沒這副急淚。當然她不會承認這也是女性戲劇化的本能，與一種依賴男性的本能。

兩個巡警不作聲了，略坐了坐就走了，沒再來過。兩三個月後，出境證就發下來了。

艾軍自告奮勇帶她到英國大使館申請入境許可證。在公共汽車上，她忽然注意到他臉上倒像是一副焦灼哀求的神情，不過眼睛沒朝她看。她十分詫異，但是隨即也就明白了。

我爲什麼要去告他一狀？她心裏想。苦於無法告訴他，但是第六感官這樣東西確是有的。默然相向了一會，他面色方才漸漸平復了下來。

不想一到香港第一天晚上就跟范妮聯床夜話。自從羅湖，她覺得是個陰陽界，走陰的回到陽間，有一種使命感。這艾軍也實在可氣。當然話要說得婉轉點，替人家留點餘地。不過她哪裏是范妮的對手，一怔之下，不消三言兩語，話裏套話，早已和盤托出。

范妮當時聲色不動，只當椿奇聞笑話，夜深人靜，也還低聲說笑了一會，方道：『你今天累了，睡吧。』次日早晨當著洛貞告訴她女兒，不禁冷笑道：『只說想盡方法出不來，根本不想出來。』

女兒聽了不作聲，臉上毫無表情。洛貞知道一定是怪她老處女愛搬嘴，惹出是非來。

她沒嫁掉，姐姐始終歸罪於沒進大學。在女中最後兩年就選了業務科，學打字速寫。姐姐懷了小韻，她一畢業就去打替工，就此接替了下來。洋行又是個國際老處女大本營。男同事中國人既少，未婚的根本沒有。跟著姐姐姐夫住，當然不像一般父母那樣催逼著介紹朋友。她自己也是不願意。

我們這一代最沒出息了，舊的不屑，新的不會，她有時候這樣想。

每年耶誕節有個辦公室酒會，就像鬧房「三天無大小，」這一晚上可以沒上沒下的，據說眞有女祕書給抵在卷宗櫃上强吻的。咖哩先生平時就喜歡找著她，取笑她。這天借酒蓋著臉，她眞有點怕他。其實人這麼多，還眞能怎樣？

而且他不過是胡鬧而已，不見得有什麼企圖，從來也沒約她出去玩。約她出去，不去大概也沒關係，不會丟飯碗。當然這不過是揣度的話，因爲無例可援。——他們這裏的女祕書全都三十開外，除了洛貞，而她就是幾個副理公用的。有個瑞典小姐七十來歲了，也沒被迫退休，還是總經理的祕書。耶誕夜的狂歡，也是給這些老弱殘兵提高士氣的。——不過咖哩這人是這樣，誰都不怕他，但是也都知道有什麼事找他沒用——上海人所謂「沒肩胛」。

人是比任何電影明星都漂亮，雖然已經有點兩鬢霜了；瘦高個子，大概從來沒有幾磅上落；就是皮膚紅得像生牛肉。

信打完了，她抽出來看了一遍。有人敲門。她嚇了一跳。難道是剛才那大副二副，找上門來了？

她把門小心的開了條縫。原來是芳鄰，那英印人的黃種太太。

『我可以進來嗎？』

洛貞忙往裏讓。坐了下來，也仍舊沒互通姓名，問知都是上海來的。

『我們住在虹口。』——從前的日租界。

『你是日本人？』洛貞這才問她。誤認東南亞人爲日本人，有時候要生氣的。

『嗳。』

『你們到日本去？』

『嗳，到大坂去。我家在大坂。』

『哦，我到東京去。』

『啊，東京。』

笑臉相向半晌。

『這隻船眞小。』

『嗳，船小。』她拈起桌上的信箋。『我可以拿去給李察遜先生看嗎？』

洛貞不禁詫笑。還說中國人不尊重別人的私生活，開口就問人家歲數收入家庭狀況。跟我們四鄰一比，看來是小巫見大巫了。一時想不出怎樣回答，反正信裏又沒什麼瞞人的事，只得帶笑應允。

她立即拿走了。不一會，又送了回來，鄭重說道：『李察遜先生說好得不得了。』

洛貞噗嗤一笑，心裏想至少她尊敬他。同時也不免覺得他識貨。業務信另有一功。姐姐說的：『留空白的比例也大有講究。有人也寫得好，就是款式不帥。』

投桃報李，她帶了本照相簿來跟洛貞一塊看。

『虹口，』她說。

都是在虹口，多數是住宅外陽光中的小照片，也有照相館拍的全家福，棕色已經褪成黃褐色，一排坐，一排站，一排青年坐在地下，男女老少都穿著戰前日本人穿的二不溜子的洋服。沒有她。有一張她戴著三〇年間體育場上戴的荷葉邊白帆布軟帽，抱著個男孩，同是胖嘟嘟的，在大太陽裏瞇睫著眼睛。

『這是誰？』

『表姪。』

看了大半本之後，有張小派司照。

『李察遜先生。』想是李察遜訓練有素，她也像狄更斯『塊肉餘生記』裏的米考伯太太，文縐縐的口口聲聲稱丈夫為『米考伯先生』。

他就這一張，其餘都是她娘家人，有她的照片大概婚前的居多，不然根本無法判斷，她一直也就差不多是這樣子。

與她合攝的孩子都是表姪堂姪。洛貞不禁惻然。娶這麼個子孫太太型的太太，連個子女都沒有。

這樣的女人還値得到異族裏去找?當然李察遜自己還更不合格,還不是兩下裏湊合著。洛貞是一時腦子裏轉不過來。毛姆筆下異族通婚都是甘心觸犯禁條而沉淪,至少總有一方是狂戀。

她認識的唯一的一對異國情鴛不算——在毛姆後了。咖哩先生的女祕書潘小姐是廣東人。論長相,也就是個踩扁了的李察遜太太,臉橫寬,身材也扁闊,不過有南國佳人的乳房,而且『廣東人硬繃繃』,面部線條較强有力,眉目挺秀些,眼睛裏常有一種憤懣不平之氣。珍珠港事變後,上海日軍進了租界,英美人都進了集中營。潘小姐忠心耿耿,按期給咖哩先生送糧包。咖哩先生跟他太太向來各幹各的,互不干涉。太太喜歡養馬賽馬,他供給不起,好在太太自己有錢。兩人都海闊天空慣了的,進了集中營,在營房裏合住一個掛條軍毯隔出來的舖位,擠鼻子擠眼睛的,沒個騰挪,幾乎馬上就吵翻了。熬了幾年,一出來就離了婚,跟潘小姐結婚了。

這故事彷彿含有一個教訓,不像毛姆的手筆,時代背景也不同了。大英帝國已經在解體,從集中營出來的人,一看境況全非。他總算找到了個小母親,有了個歸宿。

戰後行裏大裁員,咖哩先生也提早退休了,因此他再婚的消息沒有掀起更大的震撼。洛貞解僱後就跟老同事沒來往了,不像淪陷時期大家留職停薪,還有時候見面。潘小姐送糧包,就是聽所羅門小姐說的。那天所羅門小姐請她去吃下午茶,是公寓房子,姊妹倆同住,姐姐矮胖,是較典型的猶太女人,在另一家洋行做事。有些老處女喜歡表示大膽,不過她說的笑話就粗俗,不及她妹妹尖酸風趣。姊妹花向來是一個帶一個,不怎麼漂亮的也連帶沾光。像這姊妹倆排排坐著,衣飾髮型都相仿,就使人覺得一之爲甚,豈可再乎?——她們的黑髮天生整齊的小波浪紋,這髮型過時了之後也改不了。姐姐頭髮已經花白了。洛貞不禁替所羅門小姐叫屈，她其實不難看，要不是跟這姐姐同起同坐，把她漫畫化了。

洛貞到她們浴室去洗手，經過臥室，兩張小鐵床並排，像小孩的，覺得可笑，而又慘然。

講起潘小姐送糧包，所羅門小姐笑道：『你倒不去看看他去。』是說咖哩先生那樣愛找著她開玩笑。

『我又不是他的祕書。』

戰後常想起這一問一答。如果她是他的祕書，她想她也會送糧包的。

看照相簿，她終於笑問：『你跟李察遜先生怎麼認識的？』

『我堂兄介紹的。』

李察遜想必也住在虹口，虹口房子便宜，離外灘營業區又近，電車直達，上寫字樓方便。也許鄰居的青年帶他逛日本堂子，見識過日本女人的恭順柔媚。

他們知道他在洋行做事。『想結婚嗎？給你介紹花子小姐吧？』

沒有結婚照片。日本人不講究這些，去趟神社就算了。有她這龐大的親族網在，不會是同居。她大概是單身出來投親找對象的，正如許多英國女人到遠東近東來嫁人。

他家裏似乎沒什麼人。父親生出這麼個小黑人來，不見得肯帶在身邊，但是總算供給他讀書──口音上聽得出是當地的不列顛學校出身。娶個日本老婆是抗議兼報復。不等上海淪陷，已經親日了。

共產黨來了以後，陪太太回國。這兩年日本繁榮了起來，太太娘家人多，極可能有生意做大了的，用得著他這麼個人寫英文信。去投親是順理成章的事，不比洛貞去投奔老同學太『懸』，雖然同是不懂日文，他又年紀不輕了，總有五十來歲了。她不知道怎麼，認定他不懂日文。其實怎見得人家不懂？飯桌上當然不能夫婦倆自己說日文，不禮貌。——就是不懂也有老婆當翻譯，不像她到了那裏言語不通，寸步難行。但是她只覺得自己比他年輕，有希望。

照相簿一頁頁掀過去，李察遜太太在旁看得津津有味，把她這輩子又活了一遍。看完了便欣然抱著簿子走了。

船上就是蟑螂太大。洛貞晚上睡覺總像是身下蠕蠕的，深恐它們一感到人體的暖氣就會從床板下爬出來。又怕爬進行李裏，帶上岸去。在香港租的房間沒有家具，她就光買了一床草蓆，一罐殺蟲劑，一隻噴射筒。一丈見方的小房間，粗糙的水門汀地，想是給女傭住的，牆倒是新粉刷得雪白，而且位置在屋角，兩面都是樓窗，敞亮通風，還看得見海。她一眼就看中了，沒去看第二家。睡水門汀，夜裏寒氣透過蓆子，一陣陣火辣辣的冰上來，就爬起來開箱子，把衣服一件套一件，全都穿上再睡。

下午炎熱，二房東坐在甬道裏乘過堂風。是個小廣東人，蟹殼臉，厚眼鏡放大了眼睛，成爲金魚眼，瘦骨伶仃穿件汗背心，抱著個嬰兒搖著拍著，唱誦道：『女（音「內」，上聲）啊！女啊！』像三〇年代頹廢派詩人的呻吟：『女人啊女人！』

天太熱，房門都大開著。一個年輕的葉太住最好的一間，房間也不大，一堂寧式柚木家具挨挨擠擠擺不下，更覺光線陰暗。唯一的女傭是葉太僱用的，傭人間租了出去，便在廚房裏睡行軍床，葉太是上海人，長得活像影星周璇，也嬌小玲瓏，不過據說周璇皮膚黃，反而上照，拍攝出來特別光潤瑩潔，這位葉太却十分白皙。葉先生每天下班時間來一趟，顯然是個外室，也許本來是舞女。

葉先生一來了就洗澡。浴室公用，蟑螂很多，抽水馬桶四周地下汪著尿。女傭臨時手忙脚亂打掃了一下，便嘩嘩放起水來，浴缸裏倒上小半瓶花露水，被水蒸氣一沖，滿樓奇香衝鼻；一面下廚房炒菜熱菜燙酒，打發葉先生浴罷對酌。亞熱帶夏天天長，在西晒的大太陽裏忙這一通，正是夕照中衆鳥歸林鴉飛雀噪的情景。

葉太隔壁，兩個上海青年合住一間，大概是白領階級，常跟葉太搭訕，她也常站在他們房門口長談。葉先生一來了，都躲得無影無踪。

大家走過房門口，都往裏看看，看見洛貞坐在草蓆上，日用的什物像擺地攤一樣。這可眞搬進難民來了，房子要貶值了。

她自己席地而坐很得意，簡化生活成功，開了聽的罐頭與麵包黃油擱在行李上，居然一個蟑螂也沒有。但是這些上海人鄙夷的眼光却也有點受不了。

這戶人家人雜，她的信還是寄到鈕家代轉。住得又近，常去看有信沒有。自從她告密有功，范妮對她總是柔聲說話。這天問知她房租只七十元港幣一個月，不禁笑了，見她能吃苦，也露出嘉許的神色，因又道：『可還能住？』

『房間還好，不過洗澡間太髒點。』

『那你到這裏來洗澡好了。』

她就此經常帶了毛巾和肥皂去洗澡，直到找到了事，搬了家，公用的浴室比較乾淨，才不大去了。這天她來告訴范妮要到日本去。

『那你這裏的事呢？』

『只好辭掉了。』

『現在找事難，日本美國人就要走了。』

洛貞笑道：『是呀，不過要日本入境證也難，難得現在有機會在那邊替我申請。』也許去得不是時候，美國佔領軍快撤退了，不懂日文怎麼找事？她不過想走得越遠越好，時機不可失。

范妮沈默片刻，忽又憤然道：『那你姐姐那裏呢？』

范妮知道她是借了姐姐姐夫的錢出來的，到了香港之後也還滙過錢來。現在剛開始還錢，他們也是等著用。但是姐姐當然會諒解她的。想不到范妮代抱不平，會對她聲色俱厲起來，到底又不是自己子姪輩。她也有點覺得，范妮的氣不打一處來——還是『報喜不報憂』這句話。人家好好的一份人家，她一來了就成了棄婦，怎麼不恨她？

范妮見她不作聲，自己也覺得了，立即收了怒容，閒閒的問起她辦手續的事。還送了她兩色土產，叫她帶去給她的同學，日本吃不到的。

自從那次以後，她有兩三個星期沒去，覺得見面有點僵，想等臨走再去辭行，可隔得太久了？又拿不準幾時動身。這天忽然收到一張訃聞，一看是『杖期夫鈕光先』與子女（女兒『適陳』『適何』）具名。艾軍的本名不大有人知道，連看幾遍才明白了過來。范妮死了。實在意想不到，一直沒聽見說不舒服。一定是中風，才這樣突然。去年屢次打電報到上海去說中風，終於實現了。

她自己知道闖了禍，也只惘惘的。

當然也不是沒想到，范妮一定寫了信去罵了，艾軍一定會去向姐姐姐夫訴苦，他們是范妮最信任的朋友，要靠他們去疏通解說。即使艾軍不好意思告訴他們，范妮給姐姐寫信也會發牢騷的。總之不會不知道。姐姐信上沒提，是因爲她一個人在外面掙扎圖存，不是責備她的時候。

現在好——！

姐姐最好的朋友。

訃聞上有辦喪事的地點，在中環一家營業大樓地下層。虛掩著兩扇極高的舊烏木門，一推門進去，人聲嘈雜，極大的一個敞間，一色水門汀地與牆壁，似乎本來是個銀行的地窖保險庫。想必是女壻家的管事的代爲借用的。只見三三兩兩的人站著談話，都是上海話，大都是男子在談生意行情與熟人。她心虛，也沒在人叢中去找范妮的女兒打聽病因，只在人堆裏穿來穿去，向上首推進。靈前佈置得十分簡單，沒有香案輓聯遺照，也沒有西式的花圈花山音樂，瞻仰遺體。她鞠了一躬就走了，在門口忽見他們家的廣東女傭一把抓住她的手，把一個什麼小物件揿在她掌心，動作粗暴得不必要，臉上也有點氣烘烘的，不甘心似的。

還不是聽見他們少爺少奶說：都是她告訴太太，先生在上海不想回來了，把太太活活氣死了。剩下少爺少奶也不預備再在香港待下去了，吃人家飯的也要捲舖蓋了。

她怔怔的看著手中一隻小方形紅紙包。她只曉得喪家有時候送弔客一條白布孝帶，沒聽見有送紅包的。是廣東規矩？他們女壻家也不是廣東人。難道眞是隨鄉入鄉了？還是這女傭的主張？

不知道爲什麼，她還沒走出門去就拆開紅包，帶著好奇的微笑。只見裏面一隻雙毫硬幣，同時瞥見女傭驚異憤激的臉。

有這樣的人！還笑！太太待她不錯。

她也是事後才想到，想必是一時天良發現，激動得輕性神經錯亂起來，以致擧止乖張。幸而此後不久就動身了。上了船，隔了海洋，有時候空間與時間一樣使人淡忘。怪不得外國小說上醫生動不動就開一張『旅行』的方子，海行更是外國人參，一劑昂貴的萬靈藥。

這隻船從香港到日本要走十天，東彎西彎，也不知是些什麼地方。她一個人站在欄杆邊看裝貨卸貨，碼頭上起重機下的黃種工人都穿著卡其布軍裝——美軍剩餘物資。李察遜夫婦從來不出來。上層甲板上偶有人踪，也是穿制服的船員，看來頭等艙沒有乘客。

這一天到了個小島，船上預先有人來傳話，各自待在艙房裏不要出來，鎖上房門，無論怎樣都不要開門。如臨大敵，不知道是什麼土人。這一帶還有獵頭族？

她站在圓窗旁邊，看見甲板一角。只見一羣日本女人嘻嘻哈哈大呼小叫一擁而上，多數戴眼鏡，淸一色都是和服棉襖，花布棉袴，袴脚緊窄得像華北的紮脚袴，而大腿上鬆肥，整個像隻火腿。也有男的，年輕得多，也不戴眼鏡——年紀大些的大概都戰死了——穿著垢膩的白地黑花布對襟棉襖，胸前一邊一個菜碗口大的狂草漢字，龍飛鳳舞，鐵劃銀鈎，可惜草得不認識。顯然這島嶼偏僻得連美軍剩餘物資都來不了，不然這些傳統的服裝早就被淘汰了。

大概因爲小島沒有起重機，只好讓苦力上船扛抬。艙房上鎖，想必此地土著有順手牽羊的習慣。連乘客都鎖在裏面，似乎不但怕偷，還怕搶。甲板上碰見了，手錶衣服都會給剝了去。倒看不出這些文質彬彬戴眼鏡的女太太們。有一個長挑身材三十來歲的，臉黃黃的，戴著細黑框圓眼鏡，十分面熟，來到洛貞窗前，與她眼睁睁對看了半晌。

『我倒成了動物園的野獸了，』她想。

也許從前是個海盜島，倭寇的老窠；一個多鐘頭後開船了，島嶼又沈入時間的霧裏。

十天一點也不嫌長。她喜歡這一段眞空管的生活。就連吃飯——終於嘗到毛姆所說的馬來英國菜：像是沒見過鞋子，只聽見說過，做出來的皮鞋——湯，炸魚，牛排，甜品，都味同嚼蠟，虧那小老西崽還鄭重其事的一道道上菜。海上空氣好，胃口也好。

老西崽見伙食這樣壞，她也吃得下，又沒個人作伴，還這樣得其所哉的，這哪是個環遊世界見過世面的『老出門』？只怕那筆從豐的小賬落了空。快滿十天的時候，竟沉不住氣，憂形於色起來。她想告訴他不用擔心，但是這話無法出口。

在公共汽車上看見艾軍哀懇的面容，也是想告訴他不用著急，說不出口。

他倒是相信了她。

一桌吃飯，李察遜先生現在很冷淡。當然是因爲她沒去回拜，輕慢了他太太。既然到日本去，可見不是仇視日本人，分明看不起人。

她也不是沒想到，不過太珍視這一段眞空管過道，無牽無掛，舒服得飄飄然，就像一坐下來才覺得累得筋疲力盡。實在應當去找李察遜太太，至少可以在甲板上散散步，討教兩句日文會話，問路也方便些，結果也沒去。

在飯桌上，又回復到點頭微笑的打個招呼就算了。當著李察遜，他太太根本就沒跟她交談過，現在偶爾跟丈夫小聲說句話，也是一副心虛膽怯的神情，往往說了一半又嚥了回去。總是他背後發過話，怪她自取其辱。是毛姆說的，雜種人因爲自卑心理，都是一棵棵多心菜。

已經快到日本了，忽然大風大浪，餐桌是釘牢在地上的，桌上杯盤刀叉亂溜，大家笑著忙不迭攔截。

李察遜先生見洛貞飲啖如常，破例向她笑道：『你是個好水手。』說罷顯然一鼓作氣，一納頭努力加餐起來。

飯後扶牆摸壁各自回房。洛貞正開自來水龍頭洗手，忽然隱隱聽見隔著間房有人嘔吐，不禁怔住了。他們此去投親，也正前途茫茫。日本人最小氣。吃慣西餐的人，嚼牛肉渣子總比啃蘿蔔頭强，所以暈船也仍舊强飯加餐，不料馬上還席了。

船小浪大，她倚著那小白銅臉盆站著，脚下地震似的傾斜拱動，一時竟不知身在何所。還在大吐——怕聽那種聲音。聽著痛苦，但是還好不大覺得。漂泊流落的恐怖關在門外了，咫尺天涯，很遠很渺茫。

相見歡

『表姐。』

『噯，表姐。』

兩人同年，相差的月份又少，所以客氣，互相稱表姐。

女兒回娘家，也上前叫聲『表姑。』

荀太太忙笑應道：『噯，苑梅。』荀太太到上海來了發胖了，織錦緞絲棉袍穿在身上一匝一匝的，像盤著條彩鱗大蟒蛇；兩手交握著，走路略向兩邊一歪一歪，換了別人就是鵝行鴨步，是她，就是個鴛鴦。她梳髻，漆黑的頭髮生得稍低，濃重的長眉，雙眼皮，鵝蛋臉紅紅的，像鹹鴨蛋殼裏透出蛋黃的紅影子。

問了好，伍太太又道：『紹甫好？祖志祖怡有信來？』

他們有一兒一女在北京，只帶了個小兒子到上海來。

荀太太也問苑梅的弟妹可有信來，都在美國留學。他們父親也不在上海。戰後香港畸形繁榮，因爲鬧共產黨，敏感的商人都往香港發展，伍先生的企業公司也搬了去了。政治地緣的分居，對於舊式婚姻夫婦不睦的是一種便利，正如戰時重慶與淪陷區。他帶了別的女人去的——是他的女祕書，跟了他了，兒子都有了——荀太太就沒提起他。

新近他們女壻也出國深造了，所以苑梅回來多住些時，陪陪母親。丈夫弟妹全都走了，她不免有落寞之感。這些年輕人本來就不愛說話——五〇年代『沉默的一代』的先驅。所以荀太太除了笑問一聲『子範好？』也不去找話跟她說。

表姊妹倆一坐下來就來不及的啷啷噥噥，吃吃笑著，因爲小時候慣常這樣，出了嫁更不得不小聲說話，搬是非的人多。直到現在伍太太一個人住著偌大房子，也還是像惟恐隔牆有耳。

『表姐新燙了頭髮。』荀太太的一口京片子還是那麼清脆，更增加了少女時代的幻覺。

『看這些白頭髮。』伍太太有點不好意思似的噗嗤一笑，別過頭去撫著腦後的短鬈髮。

『我也有啊，表姐！』

『不看見嘿！』伍太太戴眼鏡，湊近前來細看。

『我也不看見嘿！』

兩人互相檢驗，像在頭上捉蝨子，偶爾有一兩次發現一根半根，輕輕的一聲尖叫：『別動！』然後嗤笑著仔細撥開拔去。荀太太慢吞吞的，她習慣了做什麼都特別慢，出於自衞。如果很快的把你名下的家務做完了，就又有別的派下來，再不然就給人看見你閒坐著。

伍太太笑道：『看我這頭髮稀了，從前嫌太多，打根大辮子那麼粗，蠢相。想剪掉一股子，說不能剪，剪了頭髮要生氣的，會掉光了。』

伍太太從前是個醜小鴨，遺傳的近視眼——苑梅就不肯戴眼鏡。現在的人戴不戴還沒關係，眼鏡與前劉海勢不兩立，從前興來興去都是人字式兩撇劉海，一字式蓋過眉毛的劉海，歪桃劉海，橫雲度嶺式的橫劉海。『豐容盛鬋，』架上副小圓眼鏡就傻頭傻腦的。

荀太太笑道：『那陣子興鬆辮子，前頭不知怎麼挑散了捲著披著，三舅奶奶家有個走梳頭的會梳，那天我去剛巧趕上了，給梳辮子，第二天到田家吃喜酒。回來只好趴在桌上睡了一晚上，沒上床，不然頭髮亂了，白梳了。』

也是西方的影響，不過當時剪髮燙髮是不可想像的事，要把直頭髮梳成鬈髮堆在額上，確實不容易。辮根也不紮緊了，蓋住一部份頸項與耳朵。其實在民初有些女學生女教師之間已經流行了，青樓中人也有模仿的。她們是家裏守舊，只在香烟畫片上看見過。

『在田家吃喜酒，你說老想打呵欠，憋得眼淚都出來了。笑死了！』伍太太說。

苑梅在一旁微笑聽著，像聽講古一樣。

伍太太又道：『我也想把頭髮留長了梳頭。』

荀太太笑道：『梳頭要有個老媽子會梳就好了。自己梳，胳膊老這麼舉著往後別著，疼！我這肩膀，本來就筋骨疼，在他們家抬箱子抬的，扭了肩膀。』說著聲音一低，湊近前來，就像還有被人偷聽了去的危險。

『噯，「大少奶奶幫著抬，」』伍太太皺著眉笑，學著荀老太太輕描淡寫若無其事的口吻。

『可不是。看這肩膀——都塌了！』把一隻肩膀送上去給她看。原是『美人肩』——削肩，不過做慣粗活，肌肉發達，倒像當時正流行的坡斜的肩墊，位置特低。內傷是看不出來，發得厲害的時候就去找推拿的。

『也只有他們家——！』伍太太齜牙咧嘴做了個鬼臉。

『他們荀家就是這樣。』荀太太眼睜睜望著她微笑，聲音輕得幾乎聽不見，就彷彿是第一次告訴她這祕密。

『做飯也是大少奶奶，「大少奶奶做的菜好嘍！」』

『你沒來是誰做？』

『誰會？說「看看就會了。」』又像是第一次含笑低聲吐露：『做得不對，罵！』

荀太太收了笑容，聲音重濁起來。『還不就是老李。』是個女傭，沒有廚子——貧窮的徵象。

兩人都沉默了一會。

女傭泡了茶來。

『表姐抽烟。』

伍太太自己不吸。荀太太曾經解釋過，是『坐馬子薰得慌，』才抽上的。當然那是嫁到北京以後，沒有抽水馬桶。

荀太太點上烟，下頦一揚道：『我就恨他們家客廳那紅木家具，都是些爪子——』開始是撒嬌抱怨的口吻，膩聲拖得老長，『爪子還非得擦亮它，蹲在地下擦皮鞋似的，一個得擦半天。』顯然有一次來了客不及走避，蹲著或是爬在地下被人看見了。說到這裏聲音裏有極深的羞窘與一種汚穢的感覺。

『噯，北京都興有那麼一套家具，擺的都是古董。』

『他們家那些臭規矩！』

『你們老太太，對我大概算是了不得了，我去了總是在你屋裏，叫你陪著我。開飯也在你屋裏，你一個人陪著吃。有時候紹甫進來一會子又出去了，倔倔的。』

她們倆都笑了。那時候伍太太還沒出嫁，跟著哥哥嫂子到北京去玩，到荀家去看她。紹甫是已經見過的，新娘子回門的時候一同到上海去過，黑黑的小胖子，長得楞頭楞腦，還很自負，脾氣挺大。伍太太實在替她不平。這麼些親戚故舊，偏把她給了荀家。直到現在，苑梅有一次背後說她的臉還是漂亮，伍太太還氣憤憤的說：『你沒看見她從前眼睛多麼亮，還有種調皮的神氣。一嫁過去眼睛都呆了。整個一個人呆了。』說著眼圈一紅，嗓子都硬了。

荀太太探身去彈烟灰，若有所思，側過一隻脚，注視著脚上的杏黃皮鞋，男式繫鞋帶，鞋面上有幾條細白痕子。『貓抓的，』她微笑著解釋，一半自言自語。『擱在床底下，房東太太的貓進來了。』

吸了口烟，因又笑道：『我們老太爺死的時候，叫我們給他穿衣裳。』她只加深了嘴角的笑意，代表扮鬼臉。『她怕，』她輕聲說。當然還是指她婆婆。

老件一斷氣就碰都不敢碰。他們家規矩這麼大，公公媳婦赤身露體的，這倒又不忌諱了？伍太太帶笑攢眉咕噥了一聲：『那還要替他抹身？』

『槓房的人給抹身，我們就光給穿襯裏衣裳。壽衣還沒做，打紹甫，怪他不早提著點。』又悄悄的笑道：『我不知道，我跟二少奶奶到瑞蚨祥去買衣料做壽衣，回來紹甫也沒告訴我。』

『紹甫就是這樣。』伍太太微笑著，說了之後沉默片刻，又笑道：『紹甫現在好多了。』

荀太太先沒接口，頓了頓方笑道：『紹甫我就恨他那時候日本人來——』他在南京故宮博物院做事，打起仗來跟著撤退，她正帶著孩子們回娘家，在上海。『他把他們的古董都裝箱子帶走了，把我的東西全丟了。我的相片全丟了，還有衣裳，皮子，都沒了。』

『噯，從前的相片就是這樣，丟了就沒了。』伍太太雖然自己年輕的時候沒有漂亮過，也能了解美人遲暮的心情。

『可不是，丟了就沒了。』

她帶著三個孩子回北京去。重慶生活程度高，小公務員無法接家眷，抗戰八年，勝利後等船又等了一年。那時候他不知怎麼又鬧意見賭氣不幹了，幸而有個朋友替他在上海一個大學圖書館找了個事，他回北京去接了她出來。

她跟伍太太也是久別重逢。伍太太現在又是一個人，十分淸閒，常找她來，其實還可以找得勤些，住得又近。但是打電話去，荀太太在電話上總有點模糊，說什麼都含笑答應著，使人不大確定她聽明白了沒有。派人送信，又要她給錢。她不願讓底下人看不起她窮親戚，總是給得太多。寄信去吧，又有點不甘心，好容易又都住上海了，還要寫信。這次收到回信，信封上多貼了一張郵票。伍太太有啼笑皆非之感。她連郵局也要給雙倍。

先在虹口租了間房，有老鼠，把祖銘的手指頭都咬破了。米麵口袋都得懸空吊著，不然給咬了個窟窿，全漏光了。

『現在搬的這地方好，』荀太太常說。

上次苑梅到同學家去，伍太太叫她順便彎到荀家去送個信，也是免得讓荀太太又給酒錢。是個陰暗的老洋房，他們住在二樓近樓梯口，四方的房間，不大，一隻兩屜桌，一隻五斗櫥，隔開一張雙人木床與小鐵床。鍋鑊砧板擺了一桌子，小煤球爐子在房門外。荀太太笑嘻嘻迎接著，態度非常大方自然，也沒張羅茶水，就像這是學生宿舍。

就她一個人在家。祖銘進中學，十四歲了，比他爸爸還要高，愛打籃球。荀太太常說他去看球賽了。

『他們有了兩個孩子之後不想要了，祖銘是個漏網之魚。有天不知怎麼沒用藥——是一種牙膏似的擠出來，』伍太太有一次笑著輕聲告訴苑梅。

漏網之魚倒已經這麼大了。怎麼能跟父母住一間房，多麼不便。苑梅這一想，馬上覺得不應該，雖說久別勝新婚，人家年紀不輕了，怎麼想到這上頭去。子範剛走，難道倒已經心理不正常起來了？現代心理學的皮毛她很知道一些。就是不用功。所以她父親就氣她不肯念書——就喜歡她一個人，這樣使他失望，中學畢業就跟一個同學的哥哥結婚了，家裏非常反對。她從小家裏有錢，所以不重視錢，現在可受彆了。要跟子範一塊去是免開尊口，他去已經是個意外的機會。

她是感染了戰後美國的風氣，流行早婚。女孩子背上一隻揹袋駝著嬰兒，天下去得。連男孩都自動放棄大學學位，不慕榮利，追求平實的生活。

子範本來已經放棄了，找了個事，還不夠養家，婚後還是跟他父母住。美國也是小夫婦起初還是住在老家裏，不過他們不限男家女家。

想不到這時候又倒蹦出這麼個機會來。難道還要他放棄一次？彷彿說不過去。

他走了，丟下她一個人吊兒郎當，就連在娘家都不大合適，當她是個大人吧，說大不大，說小不小。想出去找個事做，免得成天沒事幹，中學畢業生能做的事，婆家通不過，他們面子上下不來。

最氣人的是如果沒有結婚，正好跟他一塊去——她父親求之不得，供給她出國進大學。這時候只好眼看著弟弟妹妹一個個出去，也不能眼紅。

她不是不放心他。但是遠在萬里外，如果要完全放心，那除非是不愛他，以為他沒人要，沒有神話裏一樣美麗的公主會愛上他。

她母親當初就是跟父親一塊出去的，她還是在外國出世的，兩三歲才託便人帶她回來，什麼都不記得，多冤！聽上去她母親在外國也不快樂。多冤！

其實伍太太幾乎從來不提在國外那幾年。只有一次，回國後初次見到荀太太，講起在外面的伙食問題，『還不是自己做，』伍太太咕噥了一聲，却又猝然道：『說是紅燒肉要先炸一下。』

荀太太怔了一怔，抗議地一聲嬌叫：『不用啊！』

『說要先炸嘿，』伍太太淡然重複了一句。

荀太太也換了不確定的口氣，只喃喃的半自言自語：『用不著炸嘿！』

『噯，說是要先炸。』像是聲明她不負責任，反正是有這話。

她雖然沒像荀太太『三日入廚下，』也沒多享幾天福，出閣不久就出國了。不會做菜，紅燒肉總會做的，但是做出來總是亮汪汪的一鍋油，裏面浮著幾小塊黑不溜啾的瘦肉。伍先生氣得說：『上中學時候偷著拿兩個臉盆倒扣著燉的還比這好。』

後來有一次開中國學生會，遇見兩個女生——她們雖然平日不開伙食，常常男朋友女友大家合夥打牙祭——聽她們說紅燒肉要先炸過，將信將疑。她們又不是華僑，不然還以為是廣東菜福建菜的做法，如果廣東人福建人也吃紅燒肉的話。回去如法炮製，彷彿好些，不過要炸得恰正半生不熟也難，油不是多了就是少了，不是炸僵了就是炸得太透，再一煨，肉就老了。

回國幾年後，有一次她拿著一隻猪皮白手袋給荀太太看，笑道：『怪不得他們的肉沒皮，都去做鞋做皮包去了！』

荀太太拖長了聲音『哦』了一聲，半晌方恍然道：『所以他們紅燒肉要炸——沒皮！不然肥肉都化了。』

『噯，是說要炸嘛，』伍太太夷然回答，就像是沒聽懂。她為它煩惱了那麼久的事，原來有個簡單的解釋，倒彷彿是她笨，苦都是白苦了，苦得寃枉。

一個紅燒肉，梳一個頭，就夠她受的。本來也不是非梳頭不可，穿中式裙襖，總不能剪髮。當時旗袍還沒有聞名國際，在國外都穿洋服，只帶一兩套亮片子綉花裙襖或是梯形旗袍，在化裝跳舞會上穿。就她一個人怕羞不肯改裝，依舊一件仿古小折枝織花『摹本緞』短襖，大圓角下襬；不長不短的黑綢綯襉裙，距下緣半尺密密層層鑲著幾道松花彩蛋花邊，也足有半尺闊，倒像前清襖袖上的三鑲三滾，大鑲大滾，反而引人注目。她也不是不知道。也是因爲他至少看慣了她這樣子，驟然換個樣子就怕更覺得醜八怪似的。好在她又不上學，就觸目點也沒關係。

他倒也沒說什麼。一直聽見外國人誇讚中國女人的服裝美麗，外國女太太們更是『哦』呀『啊』的沒口子稱道，漆黑的長髮又更視爲一個美點；他沒想到東方美人沒有胖胖的戴眼鏡的。

他們定親的時候就聽見說她是個學貫中西的女學士，親戚間出名的。但是因爲害羞，外國人總以爲她不懂英文。她那一身異國風味的裝束也是一道屏障。拖著個不善家務又不會應酬的醜太太到東到西，他不免怨聲載道。

她就最怕每逢寒暑假，他總要糾合男女友人到歐洲各地旅行觀光。一到了言語不通的地方，就像掉到漿糊缸裏，還要定旅館，換錢，看地圖，看菜單，看帳單，坐地鐵，趕火車，趕導遊公車。是他組織的旅行團，他太太天然是他的副手，出了亂子飽受褒貶。女留學生物以稀爲貴，一出國門身價十倍，但是也指不定內中眞會出個把要人太太。伍先生對她們小心翼翼，道地紳士作風，止於培植關係，一味嗔怪自己太太照顧不周。

她悶聲不響的，笑起來倒還是笑得很甜，有一種深藏不露的，不可撼的自滿。他至少沒有不忠於她。樣樣不如人，她對自己腴白的肉體還有幾分自信。

家裏也就是爲了不放心他，要她跟了去。他一來功課繁重，而且深知讀名學府就是讀個『老同學網』。外國公子王孫結交不上，國內名流的子弟只有更得力。新來乍到，他可以陪著到東到西寸步不離。起先不認識什麼人，但是帶家眷留學的人總是有錢囉，熱心的名聲一出，自然交遊廣闊起來。他在學生會又活動，也並不想出風頭，不過捧個場，交個朋友。

應酬雖多，他對本國女性固然沒有野心，外國女人也不去招惹。他生就一副東亞病夫相，瘦長身材，凹胸脯，一張灰白的大圓臉，像隻磨得黯淡模糊的舊銀元，上面架副玳瑁眼鏡，對西方女人沒有吸引力。

花街柳巷沒門路，不知底細的也怕傳染上性病。一回國，進了銀行界，很快的飛黃騰達起來，就不對了。

沉默片刻後，荀太太把聲音一低，悄悄的笑道：『那天紹甫拿了薪水，沈秉如來借錢。』他們夫婦背後都連名帶姓叫他這妹夫沈秉如。妹妹却是『婉小姐』，從小身體不好，十分嬌慣。

苑梅見她頓了一頓才說，顯然是不決定當著苑梅能不能說這話。但是她當然知道他們家跟她小姑完全沒有來往，不怕洩漏出去。

苑梅想著她應當走開——不馬上站起來，再過一會。但是她還是坐著不動。走開讓她們說話，似乎有點顯得冷淡，在這情形下。她知道荀太太知道她母親爲了她結婚的事夾在中間受了多少氣，自然怪她，雖然不形之於色。同時荀太太又覺得她看不起她。子女往往看不得家裏經常賙濟的親戚，尤其是母親還跟她這麼好。苑梅想道：『其實我就是看不起聲名地位，才弄得這樣。她哪懂？』反正儘可能的對她表示親熱點。

荀太太輕言悄語笑嘻嘻的，又道：『洪二爺也來借錢。幸虧剛寄了錢到北京去。』

伍太太不便說什麼，二人相視而笑。

荀太太又笑道：『紹甫一說「我們混著也就混過去了，」我聽著就有氣。我心想：我那些首飾不都賣了？還有表姐借給我們的錢。我那脖鍊兒，我那八仙兒，那翡翠別針，還有兩副耳墜子，紅寶戒指，還有那些散珠子，還有一對手鐲。』

伍太太知道這話是說給她聽的，還不是紹甫有一天當著她說：『我們混著也就混過去了，』他太太怕她多心，因爲她屢次接濟過他們。

『他現在不是很好嗎？』她笑著說。

『祖志現在有女朋友沒有？』她換了個話題。

荀太太悄悄的笑道：『不知道。信上沒提。』

『祖怡呢？有沒男朋友？』

『沒有吧？』

兄妹倆一個已經在教書了，都住在宿舍裏。

荀太太隨又輕聲笑道：『祖志放假回去看他奶奶。對他哭。說想紹甫。想我。』

『哦？現在想想還是你好？』伍太太不禁失笑。

荀太太對付她婆婆也有一手，儘管從來不還嘴。他們二少奶奶三少奶奶就不管，受不了就公然頂撞起來。其實她們也比她年輕不了多少，不過時代不同了。相形之下，老太太還是情願她。她也不見得高興，只有覺得勾心鬥角都是白費心機。

『噯，想我。』她微笑咬牙低聲說。默然片刻，又笑道：『我在想著，要是紹甫死了，我也不回去。我也不跟祖志他們住。』

她不用加解釋，伍太太自然知道她是說：兒子遲早總要結婚的。前車之鑑，她不願意跟他們住。但是這樣平靜的講到紹甫之死，而且不止一次了，伍太太未免有點寒心。一時也想不出別的寬慰的話，只笑著喃喃說了聲『他們姊妹幾個都好。』

荀太太只加重語氣笑道：『我是不跟他們住！』然後又咕噥著：『我想著，我不管什麼地方，反正自己找個地方去，不管什麼都行。自己顧自己，我想總可以。』說到末了，比較大聲，但是聲調很不自然，粗嗄起來。她避免說找事，找事總像是辦公室的事。她就會做菜。出去給人家做飯，總像是幫傭，給兒子女兒丟臉。開小館子沒本錢，借錢又蝕不起，不能拿人家的錢去碰運氣。哪怕給飯館當二把刀呢！差不多的麵食她都會做，連酒席都能對付，不過手脚慢些。

伍太太微笑不語。其實儘可以說一聲『你來跟我住。』但是她不願意承認她男人不會回來了。

『哦，你衣裳做來了，可要穿著試試？苑梅去叫老陳拿來。』

荀太太叫伍太太的裁縫做了件旗袍，送到伍家來了。荀太太到隔壁飯廳去換上，回來一路低著頭看自己身上，兩隻手使勁把那紫紅色氈子似的硬呢子往下抹，再也抹不平，一面問道：『表姐看怎麼樣？』

伍太太笑道：『你別彎著腰，彎著腰我怎麼看得見？好像差不多。後身不太大？——太緊也不好。』心裏不禁想著，其實她也還可以穿得好點。當然她是北派，丈夫在世的人要穿得『鮮和』些，不然不吉利。她買衣料又總是急急忙忙的，就在街口的一爿小綢緞莊。家用什物也是一樣，一有錢多下來就趕緊去買，乘紹甫還沒借給親戚朋友。她賢慧，從來不說什麼。她只儘快把錢花掉。這是他們夫婦間的一個沉默的掙扎，他可是完全不覺得。反正東西買到手總比沒有好，但是伍太太看她買東西總有點擔心，出於濶親戚天然的審愼，無論感情多麼好。

『大肚子。』她站在大鏡子前面端相自己的側影，又笑道：『都是氣出來的。眞唦，表姐！說「氣脹」，眞氣出鼓脹病來。有時候看電影看到什麼叫我想起來了——噯呀，馬上氣噠，氣噠，電影上做什麼都看不見了！』

氣誰？苑梅想。雖然也氣紹甫，想必這還是指從前婆媳間的事。聽她轉述附近幾爿店裏人說的話，總是冠以『荀太太』——都認識她。講房東太太叫她聽電話，也從來不漏掉一個『荀太太，』顯然對她自己在這小天地裏的人緣與地位感到滿足。

伍太太擱了一圈小橘子在火爐頂上，免得吃了冰牙。新裝的火爐，因爲省煤。北邊打仗，煤來不了。家裏人又少，不犯著生暖氣。吃了一隻橘子，她把整塊剝下的橘皮貼在爐蓋的小黑鐵頭上，像一朵硃紅的花。漸漸聞得見橘皮的香味。她倒很欣賞這提早退休的生活。也是因爲這些年來吵得太厲害了。實在受夠了。幾個孩子就是爲苑梅嘔氣最多。這次回來可憐，老姊妹們說話，虧她也有這耐性一直坐在這兒旁聽——出了嫁倒反而離不開媽了。跟公婆住哪像自己家裏，一比就知道了。受了氣也不說，要強——家裏本來不贊成。這回子範回來總該可以多賺兩個錢了，可以搬出去住。不然出去住小家似的分租兩間房，一樣跟人合住，倒不跟自己人住，也說不過去。

底下幾個孩子總算爭氣，雖然遠隔重洋，也還沒什麼不放心的——不放心又怎樣？就連苑梅，女婿不也出洋了？他們父親在香港做生意也蝕本，倒是按月寄家用來，沒短過她的。經常通信，互相稱『三哥』，『四妹』，是照各人家裏的排行，也還大方。她自稱『妹』，小字側立一邊。信上提起家產以及銀錢來往的事，有些話需要下筆謹愼，只有他一個人看得懂，免得給婊子看了去——他要是告訴婊子，那是他糊塗——就連孩子們親戚們有些事她也不願明說，很要費點腦筋。自己寫得頗爲得意。這在她這一輩子是最接近情書的了。空有一肚子才學，不寫給他又寫給誰呢？正在寫的一封還在推敲，今天約了表姐來，預先收了起來。給她看見這麼大年紀還哥呀妹的，不好意思，也顯得她太沒氣性，白叫人家代她不平。紹甫給他太太寫信總是稱『家慧姊』，他比她小一歲。伍太太看了總有點反感——他還像是委屈了呢！算她比他大。又彷彿還撒嬌，是小弟弟。

『那天有個什麼事，想著要告訴你的……』伍太太打破了一段較長的沉默。半惱半笑的。是個什麼事？親戚家的笑話，還是女傭聽來的新聞？是什麼果菜新上市，問他們買到沒有？一時偏怎麼著也想不起來了。

荀太太也在搜索枯腸，找沒告訴過她的事。

『那時候我們二少奶奶生病，請大夫吃了幾帖藥，老沒見好。那天我看她把藥罐子扔了，把碎片埋在她院子裏樹底下。問她幹嗎呢，說這麼著就好了。我心想，這倒沒聽見過。』說罷含笑凝視伍太太。

伍太太『唔』了一聲，對這項民間小迷信表示興趣。

『哪知道後來就瘋了，娘家接回去了。』說著又把聲音低了低。

『哦！大概那就是已經瘋了。』

『噯。我說沒聽見過這話嘿——藥罐子摔碎了埋在樹底下！』望著伍太太笑，半晌又道：『說她是裝瘋，先病也說是裝病。』聲音又一低。『不就是跟老太太嘔氣嗎。』

苑梅沒留神聽，但是她知道荀太太並不是嘮叨，儘著說她自己從前的事。那是因爲她知道她的事伍太太永遠有興趣。過去會少離多，有大段空白要補塡進去。苑梅在學校裏看慣了這種天眞的同性戀愛。她自己也瘋狂崇拜音樂教師，家裏人都笑她簡直就是愛上了袁小姐。初中畢業送了袁小姐一份厚禮，母親讓她自己去挑選，顯然不是不贊成。因爲沒有危險性，跟迷電影明星一樣，不過是一個階段。但是上一代的人此後沒機會跟異性戀愛，所以感情深厚持久些。

但是伍太太也有一次對苑梅說，跟著她叫表姑：『現在跟表姑實在不大有話說了。』

談到上燈後，忽然鈴聲噹噹。

苑梅笑道：『統共這兩個人，還搖什麼鈴！』

是新蓋這座大房子的時候，伍先生定下的規矩，仿照英國鄉間大宅，搖鈴召集吃飯，來度週末的客人在各人房間裏，也不必一一去請。但是在他們家還是要去請，因爲不習慣，地方又大，樓上遠遠聽見鈴聲，總以爲是街上或是附近學校。

來到飯廳裏，一隻銅鈴倒扣在長條矮櫥上。伍先生最津津樂道的故事是羅斯福總統外婆家從前在廣州經商，買到一隻盜賣蘇州寺觀作法事的古銅鈴，陪嫁帶了來，一直用作他家的正餐鈴。

銅鈴旁邊一隻八九吋長的古董雕花白玉牌，吊掛在紅木架上，像個樂器。苑梅見了，不由得想起她從前等吃飯的時候，常拿筷子去噠噠噠打玉牌，催請鈴聲召集不到的人，故意讓她母親發急。父親在家是不敢的，雖然就疼她一個人，回家是來尋事吵鬧的。孩子們雖然不敢引起注意，却也一個個都板著臉。但是一大桌子人，現在冷冷清清，剩賓主三人抱著長餐桌的一端入座。

飯後荀太太笑道：『今兒吃撐著了！』

伍太太道：『那魚容易消化。說是蝦子就膽固醇多。現在就怕膽固醇，說是雞蛋最壞了，一個雞蛋可以吃死人。當然也要看年紀了，血壓高不高。』

荀太太似懂非懂的『唔』『哦』應著，也留心記住了。那是她的職責範圍內。

紹甫下了班來接太太，一來了就注意到摺疊了擱在沙發背上的紫紅呢旗袍。

『衣裳做來啦？』他說。

她坐在沙發上，他坐在另一端，正結結實實塡滿了那角落，所以不會癱倒，但是顯然十分倦。從江灣乘公共汽車回家，路又遠，車上又擠，沒有座位。

『手怎麼啦?』伍太太見他伸手端茶，手指鮮紅的，又不像搽了紅藥水。

『剝紅蛋，洗不掉。』

『剝紅蛋怎麼這麼紅?』

『剝了四十個。今天小董大派紅蛋，小劉跟我打賭吃四十個。』

女人們怔了怔方才笑了。輕微的笑聲更顯出剛才一刹那間不安的寂靜。

『這怎麼吃?噎死了!又不是滷蛋茶葉蛋。』伍太太心裏想他這種體質最容易中風，性子又急，說話聲音這樣短促，也不是壽徵。

說也沒用，他跟朋友到了一起就跟小孩似的『人來瘋』，又愛鬧著玩，又要認眞，眞不管這些了!

『所以我說小劉屬狐狸的，愛吃白煮雞子兒。』

他說話向來是囫圇的。她們幾個人裏只有伍太太看過『醒世姻緣』，知道白狐轉世的女主角愛吃白煮雞蛋。但是荀太太聽丈夫說笑話總是笑，不懂更笑。

伍太太笑道:『那誰贏了?他贏了?』

他把脖子一擰，『吭』的一聲，底下咕噥得太快，聽不淸楚，彷彿是『我手下的敗將。』

找專家設計的客廳，家具簡單現代化，基調是茶褐色，夾著幾件精巧的中國金漆百靈檯條几屏風，也很調和。房間旣大，幾盞美術燈位置又低，光線又暗，苑梅又近視，望過去紹甫的輪廓圓墩墩的——他穿棉袍，完全沒有肩膀——在昏黃的燈光裏面如土色，有點痳痳楞楞的，像一座蟻山矗立在那裏。他循規蹈矩，在女戚面前不抬起眼睛來，再加上臉上膩著一層黑油，等於罩著面幕，眞是打個小盹也幾乎無法覺察。

她們不說他瞌睡，說了就不免要回去。荀太太知道他並不急於想走。他一向很佩服伍太太。

兩個女人低聲談笑著，彷彿怕吵醒了他。

『你說要買絨線衫？那天我看見先施公司有那種叫什麼「圍巾翻領」的，比沒領子的好。』伍太太下了決心，至少這一次她表姐花錢要花得值。

紹甫忽道：『有沒有她那麼大的？』他對他太太的衣飾頗感興趣。

『大概總有吧，』荀太太兩肘互抱著，冷冷的喃喃的說。

有片刻的沉默。

伍太太笑道：『我記得那時候到南京去看你們。』

『那時候南京眞是個新氣象——喝！』他說。

在他們倆也是個新天地。好容易帶著太太出來了——生了兩個孩子之後的蜜月。孩子也都帶出來了。他吃虧沒進過學校，找事倒也不是沒有門路，在北京近水樓台，親戚就有兩個出來給軍閥當部長總長的，不難安插他，但是一直沒出來做事。伍太太比他太太讀書多些，覺得還是她比較了解他。

那次她到南京去住在他們家，早上在四合院裏的桃樹下漱口，用蝴蝶招牌的無敵牌牙粉刷牙，桃花正開。一塊去遊玄武湖，吃館子，到夫子廟去買假古董——他內行。在上海，親戚有古董想脫手，都找他去鑑定字畫古玩。

伍太太接他太太到上海來，一住一兩個月，把兩個孩子都帶了來，給孩子們買許多東西，替荀太太做時行的衣服，鑲銀狐的闊西裝領子黑呢大衣，中西合璧的透明淡橙色『稀紡』旗袍，頭髮也剪短了，燙出波浪紋來，耳後掖一大朵洒銀粉的淺粉色假花。眉梢用鑷子箝細了，鉛筆畫出長眉入鬢，眼神却怔怔的，有點悵惘。紹甫總是週末乘火車來接他們回去。伍家差不多天天有牌局，荀太太還學會了跳舞，開著留聲機學，伍太太跳男人的舞步教她。但是有時候請客吃飯餘興未盡，到夜總會去，當然也有男子跟她跳。

『紹甫吃醋，』伍太太背後低聲向她說。兩人都笑了。

當時一塊打牌的只有孫太太跟伍太太最知己，許多年後還問起：『那荀太太現在怎麼了？馮太太前兩天還牽記她。都說她好。說話那麼細聲細語的……』她找不到適當的字眼形容那種——與海派太太們一比，一種安詳幽嫻。『噢喲！眞文氣。大家都喜歡她。』

『那時候還有個邱先生，』伍太太輕聲說，略有點羞澀駭笑。

孫太太也微笑。那時候一塊打牌的一個邱先生對荀太太十分傾倒。邱先生是孫太太的來頭，年紀也只三十幾歲，一表人才，單身在上海，家鄉有沒有太太是不敢保，反正又不是做媒，而且是單方面的，根本沒希望。

其實，當時如果事態發展下去的話，伍太太甚至於也不會怪她表姐。

自從晚飯後紹甫來了，他太太換了平日出去應酬的態度，不大開口，連煙都不抽了。倒是苑梅點上一支煙。也是最近悶的才抽上的。頭髮紮馬尾，穿長袴，黯淡的粉紅絨布襯衫，男式蓮灰絨線背心，也都不是一套，是結了婚的年輕人於馬虎脫略中透出世故。她的禮貌也像是帶點惜老憐貧的意味。坐在一邊一聲不出，她母親是還拿她當孩子，只有覺得她懂規矩，長輩說話沒有她插嘴的份。別人看來，就彷彿她自視爲超然是另一個世界的人。

都不說話，伍太太不得不負起女主人的責任，不然沉默持續下去，成了逐客了。

講起那天跟荀太太一塊去看的電影，情節有兩點荀太太不大清楚，連苑梅都破例開口，搶著幫著解釋。是男主角喝醉了酒，與引誘他的女人發生關係，還自以爲是强姦了她，鑄成大錯。

紹甫猝然不耐煩的悻悻駁道：『喝多了根本不行呃！』

伍太太從來沒聽見他談起性，笑著有點不知所措。

苑梅也笑，却有點感到他輕微的敵意，而且是兩性間的敵意。他在炫示，表示他還不是老朽。

此後他提起前兩天有個周德清來找他，又道：『他太太在重慶出過情形的。』

伍太太笑道：『哦？』等著，就怕又沒有下文了。永遠嗡隆一聲衝口而出，再問也問不出什麼，問急了還又詫異又生氣似的。

沉默半晌，他居然又道：『那回在重慶我去找周德清，不在家，說馬上就回來，非得要我等他回來吃飯，忙出忙進，直張羅，讓先喝酒等他。等了一個多鐘頭也沒回來，我走了！後來聽見說出過情形——喝！』他搖搖頭，打了個擦汗的手勢。

荀太太抿著嘴笑。伍太太一面笑，心中不免想道：『人又不是貓狗，放一男一女在一間房裏就眞會怎樣。』但是她也知道他雖然思想很新——除了從來不批評舊式婚姻；盲婚如果是買獎券，他中了頭獎還有什麼話說？——到底還是個舊式的人。從前的筆記小說上都是男女單獨相對立即『成雙』——不過後來發現女的是鬼，不然也不會有這種機會。他又在內地打光棍這些年，乾柴烈火，那次大概也還眞是僥倖。她不過覺得她表姐委屈了一輩子，虧他還有德色，很對得住太太似的。

『你們有日曆沒有？我這裏有好幾個，店裏送的。』

荀太太笑道：『噯，說是日曆是要人送——白拿的，明年日子好過。』

『你們今年也不錯。』

荀太太笑道：『我在想著，去年年三十晚上不該吃白魚，都「白餘」了。今年吃青魚。』

她沒向紹甫看，但是伍太太知道她是說他把錢都借給人了，心裏不禁笑嘆，難道到現在還不知道他不會聽出她話裏有話。

『苑梅，叫她們去拿日曆——都拿來。在書房裏。』

苑梅自己去拿了來，荀太太一一攤在沙發上，挑了個海景。

『太太電話。』女傭來了。

『誰打來的？』

『孟德蘭路胡太太。』

伍太太出去了。夫妻倆各據沙發一端，默然坐著。

『你找到湯沒有？我藏在抽屜裏，怕貓進來。』荀太太似乎是找出話來講。

『嗯，我熱了湯，把剩下的肉絲炒了飯。』他回答的時候聲音低沉，幾乎是溫柔的。由於突然改變音調，有點沙啞，需要微嗽一聲，打掃喉嚨。他並沒有抬起眼睛來看她，而臉一紅，看上去更黑了些，彷彿房間裏燈光更暗了。

苑梅心目中驀地看見那張棕綳雙人木床與小鐵床。顯然他不滿足。

『飯夠不夠？』

『夠了。我把餃子都吃了。』

伍太太聽了電話回來，以為紹甫盹著了，終於笑道：『紹甫睏了。』他却開口了。『有一回晚上聽我們老太爺說話，站在那兒睡著了。老太爺說得高興，還在說——還在說。噯呀，那好睡呀！』

『幾點了？』荀太太說。

『還早呢，』伍太太說。

『我們那街上黑。』

『有紹甫，怕什麼？』

『一個人走是害怕，那天我去買東西，有人跟。我心想眞可笑——現在人家都叫我老太太了！』

伍太太震了一震，笑道：『叫你老太太？誰呀？』她們也還沒這麼老。她自己倒是也不見老，冬天也還是一件菊葉青薄呢短袖夾袍，皮膚又白，無邊眼鏡，至少富泰淸爽相，身段也看不出生過這些孩子，都快要做外婆了。苑梅那天還在取笑她：『媽這一代這就是健美的了！』外國有句話：『死亡使人平等。』其實不等到死已經平等了。當然在一個女人是已經太晚了，不得夫心已成定局。

『在菜場上。有人叫我老太太，』荀太太低聲說，沒帶笑容。

『這些人——也眞是！』伍太太嘟囔著，有點不好意思。『不知道算什麼，算是客氣？』

荀太太倚在沙發上仰著頭，髮髻枕在兩隻手上。『我有一回有人跟。嚇死了！在北京。那時候祖志生肺炎，我天天上醫院去。婉小姐叫我跟她到公園去，她天天上公園去透空氣，她有肺病。到公園去過了，她先回去，我一個人走到醫院去。這人跟著我進城門，問我姓什麼，還說了好些話，嚕裏嚕囌的。大概是在公園裏看見我們了。』

苑梅也見過她這小姑子，大家叫她婉小姐的。嬌小玲瓏，長得不錯，大概因爲一直身體不好，就擱了，結婚很晚。丈夫在上海找了個事做，雖然常鬧窮吵架，也還是捧著她，嬌滴滴的。婚前家裏放心讓她一個人上街，總也有二十好幾了，她大嫂又比她大十幾歲。那釘梢的不跟小姑而跟嫂子，苑梅覺得這一點很有興趣。荀太太是不好意思說這人選擇得奇怪。當然這是她回北京以後的事了。那時候想必跟這次來上海剛到的時候一樣，還沒發胖，頭髮又留長了，梳髻，紅紅的面頰，舊黑綢旗袍，身材微豐。

『那城門那哈兒——那城牆厚，門洞子深，進去有那麼一截子路黑魆魆的，挺寬的，又沒人，挺害怕。』她已經坐直了身子，但是仍舊向半空中望著，不笑，聲音也有點淒楚，彷彿話說多了有點啞嗓子，或是哭過。『他說「你是不是姓王？」——他還不是找話說。——我嚇死了。我就光說「你認錯人了。」他說「那你不姓王姓什麼？」我說：「你問我姓什麼幹什麼？」』

伍太太有點詫異，她表姐竟和一個釘梢的人搭話。她不時發出一聲壓扁的吃吃的笑聲，『唷』的一響，表示她還在聽著。

『一直跟到醫院。那醫院外頭都是那鐵欄杆，上頭都是藤蘿花，都蓋滿了。我回過頭去看，那人還趴在鐵欄杆上，在那藤蘿花縫裏往裏瞧呢！嚇死了！』她突然嘴角濃濃的堆上了笑意。

沉默了一會之後，故事顯然是完了。伍太太只得打起精神，相當好奇的問了聲：『是個什麼樣的人？』

『像個學生，』她小聲說，不笑了。想了想又道：『穿著制服，像當兵的穿的。大概是個兵。』

『哦，是個兵，』伍太太說，彷彿恍然大悟。

還是個和平軍！

一陣寂靜中，可以聽見紹甫均勻的鼻息，幾乎咻咻作聲。

天氣暖和了，火爐拆了。黑鐵爐子本來與現代化裝修不調和，洋鐵皮烟囪管盤旋半空中，更寒傖相，去掉了眼前一淸。不知道怎麼，頭頂上出空了，客廳這一角落倒反而地方小了些，像居高臨下的取景。燈下還是他們四個人各坐原處，全都抱著胳膊，久坐有點春寒。

伍太太晚飯後有個看護來打針。近年來流行打維他命針代替補藥。看護晚上出來賺外快，到附近幾家人家兜個圈子。

『剛才朱小姐說有人跟。奇怪，這還是從前剛興女人出來在街上走，那時候常鬧釘梢，後來這些年都不聽見說了。打仗的時候燈火管制，那麼黑，也沒什麼。』伍太太說。

『我有回有人跟，』荀太太安靜的說。『那是在北京。那時候我天天上醫院去看祖志，他生肺炎。那天婉小姐叫我陪她上公園去——』

苑梅幾乎不能相信自己的耳朵。荀太太這樣精細的人，會不記得幾個月前講過她這故事？

伍太太已經忘了聽見過這話，但是仍舊很不耐煩，只作例行公事的反應，每隔一段，吃吃的笑一聲，像給人叉住喉嚨似的，只是『吭！』一聲響。

苑梅恨不得大叫一聲，又差點笑出聲來。媽記性又不壞，怎麼會一個忘了說過，一個忘了聽見過？但是她知道等他們走了，她不會笑著告訴媽：『表姑忘了說過釘梢的事，又講了一遍。』不是實在憎惡這故事，媽也不會這麼快就忘了——排斥在意識外——還又要去提它？

荀太太似乎也有點覺得伍太太不大感到興趣，雖然仍舊有條不紊徐徐道來，神態有點蕭索。說到最後『他還趴在那哈往裏看呢——嚇死了！』也毫無笑容。

大家默然了一會，伍太太倒又好奇的笑道：『是個什麼樣的人？』

荀太太想了想。『像學生似的。』然後又想起來加上一句：『穿制服。就像當兵的穿的那制服。大概是個兵。』

伍太太恍然道：『哦，是個兵！』

她們倆是無望了，苑梅寄一線希望在紹甫身上——也許他記得聽見過？又聽見她念念不忘再說一遍，作何感想？他在沙發另一端臉朝前坐著，在黃黯黯的燈光裏，面色有點不可測，有一種强烈的表情，而眼神不集中。

室內的沉默一直延長下去。他憋著的一口氣終於放了出來，打了個深長的呵欠，因爲剛才是他太太說話，沒關係。

多少恨

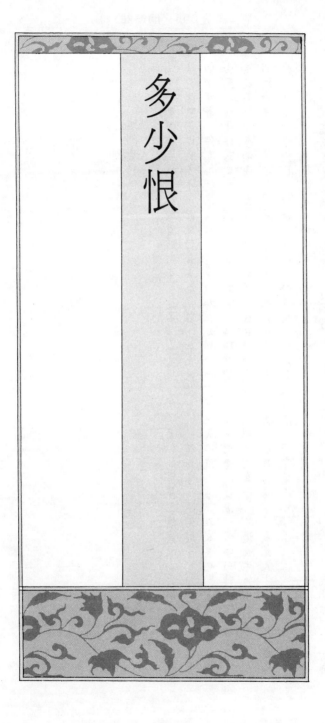

前言

一九四七年我初次編電影劇本，片名『不了情』，當時最紅的男星劉瓊與東山再起的陳燕燕主演。陳燕燕退隱多年，面貌仍舊美麗年輕，加上她特有的一種甜味，不過胖了，片中只好儘可能的老穿著一件寬博的黑大衣。許多戲都在她那間陋室裏，天冷沒火爐，在家裏也穿著大衣，也理由充足。此外話劇舞台上也有點名的潑旦路珊演姚媽，還有個老牌反派（名字一時記不起來了）演提鳥籠玩鼻烟壺的女父——似是某一種典型的旗人——都是硬裏子。不過女主角不能脫大衣是個致命傷。——也許因爲拍片辛勞，她在她下一部片子裏就已經苗條了，氣死人！——寥寥幾年後，這張片子倒已經湮沒了，我覺得可惜，所以根據這劇本寫了篇小說『多少恨』。

在美國，根據名片寫的小說歸入『非書』（non－books）之列——狀似書而實非——也是有點道理。我這篇更是彷彿不充分理解這兩種形式的不同處。例如小女孩向父親嘵嘵不休說新老師好，父親不耐煩；電影觀衆從畫面上看到他就是起先與女老師邂逅，彼此都印象很深，而無從結識的男子；小説讀者並不知道，不構成『戲劇性的反諷』——即觀衆暗笑，而劇中人懵然——效果全失。

我當時沒看出來，但是也覺得寫得差。離開大陸的時候，文字不便帶出來，都是一點一滴的普通信件的長度郵寄出來的，有些就涮下來了。

前兩年在報上看到有人襲用『不了情』片名，大概別人也都不知道已經有過這麼張片子，不禁憮然。想不到最近瘂弦先生有朋友在香港影印了圖書館裏我這篇舊作小説，寄了來。影片本身早已消失得無影無蹤，根據它的『非書』倒還頑健，不遠千里找上門來，使人又笑又嘆。

——卌年後記

——我對於通俗小説一直有一種難言的愛好；那些不用多加解釋的人物，他們的悲歡離合。如果説是太淺薄，不夠深入，那麼，浮雕也一樣是藝術呀。但我覺得實在很難寫，這一篇恐怕是我能力所及的最接近通俗小説的了，因此我是這樣的戀戀於這故事。——

現代的電影院本是最大衆化的王宮，全部是玻璃，絲絨，仿雲母石的偉大結構。這一家，一進門地下是淡乳黃的；這地方整個的像一隻黃色玻璃杯放大了千萬倍，特別有那樣一種光閃閃的幻麗潔淨。電影已經開映多時，穿堂裏空蕩蕩的，冷落了下來，便成了宮怨的場面，遙遙聽見別殿的簫鼓。

迎面高高豎起了下期預告的五彩廣告牌，下面簇擁掩映著一些棕櫚盆栽，立體式的圓座子，張燈結綵，堆得像個菊花山。上面湧現出一個剪出的巨大的女像，女人含著眼淚。另有一個較小的悲劇人物，渺小得多的，在那廣告底下徘徊著。是虞家茵，穿著黑大衣，亂紛紛的青絲髮兩邊分披下去，臉色如同紅燈映雪。她那種美看著彷彿就是年輕的緣故，然而實在是因爲她那圓柔的臉上，眉目五官不知怎麼的合在一起正如一切年輕人的願望，而一個心願永遠是年輕的，一個心願也總有一點可憐。她獨自一個人的時候，小而秀的眼睛裏便露出一種執著的悲苦的神氣。爲什麼眼睛裏有這樣的悲哀呢？她能夠經過多少事呢？可是悲哀會來的，會來的。

她看看錶，看看鐘，又躊躇了一會，終於走到售票處，問道：『現在票子還能夠退嗎？』賣票的女郎答道：『已經開演了，不能退了。』她很爲難地解釋道：『我因爲等一個朋友不來——這麼半天了，一定是不來了。』

正說著，戲院門口停下了一輛汽車，那車子像一隻很好的灰色雞皮鞋。一個男人開門下車，早已有客滿牌放在大門外，然而他還是進來了，問：『票子還有沒有？只要一張。』售票員便向虞家茵說：『那正好，你這張不要的給他好了。』那人和家茵對看了一眼。本來沒什麼可窘的，如果有點窘，只是因爲兩人都很漂亮。男人年輕的時候不知是不是有點橫眉豎目像舞台上的文天祥，經過社會的折磨，蒙上了一重風塵之色，反倒看上去順眼得多。家茵手裏捏著張票子，票子仍舊擱在櫃台上，向售票員推去。售票員又向那男子推去。這女售票員，端坐在她那小神龕裏，身後照射著橙黃的光，戲劇業供奉的一尊小小的神祇，可是男女的事情大概也管。她隔著半截子玻璃，冷冷的道：『七千塊。』那男子掏出錢來，見家茵不像要接的樣子，只得又交給售票員轉交。那人先上樓去了。家茵隨在後面，離得很遠。

座位在他隔壁，他已經坐下了，欠起身來讓她走過去。不見得是有意的，一般人都喜歡靠邊的位子，自然而然會先佔了那座位。散戲的時候從樓上下來，被許多看客緊緊擠到一起，也並沒有交談。一直到樓梯脚下，她站都站不穩了，他把她旁邊的一個人一攔，她微笑著彷彿有道謝的意思，他方才說了聲：『擠得眞厲害！』她笑道：『噯，人眞是多！』擠到門口，他說：『要不要我車子送您回去？人這麼多，叫車子一定叫不著。』她說：『哦，不用了，謝謝！』一出玻璃門，馬上像是天下大亂，人心惶惶。汽車把鼻子貼著地慢慢的一部一部開過來，車縫裏另有許多人與輪子神出鬼沒，驚天動地吶喊著，簡直等於生死存亡的戰鬥，慘厲到滑稽的程度。在那掙扎的洪流之上，有路中央警亭上的兩盞紅綠燈，天色灰白，一朶紅花一朶綠花寥落地開在天邊。

家茵一路走了回去，她住的是一個衖堂房子三層樓上的一間房。她不喜歡看兩點鐘一場的電影，看完了出來昏天黑地，彷彿這一天已經完了，而天還沒有黑，做什麼事也無情無緒的。她開門進來，把大衣脫了掛在櫃子裏，其實房間裏比外面還冷。她倒了杯熱水喝了一口，從床底下取出一隻舊的綉花鞋來，才換上一隻，有人敲門。她一隻脚還踏著半高跟的鞋，一歪一歪跑了去，一開門便叫起來道：『秀娟！啊呀你剛才怎麼沒來？』她這老同學秀娟生著一張銀盆臉，戴著白金脚眼鏡，擁著紅狐的大衣手籠，笑道：『眞是對不起，讓你在戲院裏白等了這麼半天！都是他呀

——忽然的病倒了！』

家茵扶著門框道：『啊？夏先生哪兒不舒服啊？』秀娟道：『喉嚨疼，先還當是白喉哪！後來醫生驗過了說不是的，已經把人嚇了個半死！我打電話給你的呀，說我不能去了，你已經不在家了。』家茵道：『沒關係的，不過就是後來我挺不放心的，想著別是出了什麼事情。』她掩上了門，扶牆摸壁走到床前坐下，把鞋子換了。秀娟還站在那裏解釋個不了，道：『先我想叫個傭人跑一趟，上戲院子裏去跟你說，傭人也都走不開，你沒看見我們那兒忙得那個烏烟瘴氣的！』家茵重又說了聲『沒關係的。』她把一張椅子挪了挪，道：『坐坐。』便去倒茶。

秀娟坐下來問道：『你好麼？找事找得怎麼樣？』家茵笑著把茶送到桌上，順便指給她看玻璃底下壓著的剪下的報紙，說道：『寫了好幾封信去應徵了，恐怕也不見得有希望。』秀娟道：『登報招請的哪有什麼好事情——總是沒人肯做的，才去登報呢！』家茵道：『是啊，可是現在找事情多難！我著急不是爲別的——我就沒告訴我娘我的事丟了，免得她著急！』秀娟道：『你還是常常寄錢給你們老太太？』家茵點點頭，道：『可憐，她用的倒是不多……』說著笑了一笑，她也不必怕秀娟誤會以爲她要借錢。這些年來和她環境懸殊而做著朋友，自然是知道她向不借錢的，當下只同情地蹙著眉點了點頭道：『其實啊……你父親那兒，你不能去想想辦法麼？』家茵聽了這話却是怔了一怔，不由得滿臉不願意的樣子，然而極力按捺下了，答道：『我父親跟母親離了婚這些年了，聽說他境況也不見得好，而且還有後來他娶的那個人，待會兒給她說幾句——我倒不想去碰她一個釘子！』

秀娟想了想道：『噯，也是難——我倒是聽見他說，他那堂房哥哥要給他孩子請個家庭教師。』家茵在她旁邊坐下道：『噢。』秀娟道：『可是有一層，就是怕你不願意做，要帶著照管照管孩子，像保姆似的。』家茵略頓了頓，微笑說道：『從前我也做過家庭教師的，所以有許多麻煩的地方我都有點兒懂——挺難做人的！』秀娟道：『不過我們大哥那兒倒是個非常簡單的家庭，他自己成天不在家，他太太末長住在鄉下，只有這麼一個孩子，沒人管。』家茵道：『要末我就去試試。』秀娟道：『你去試試也好。這樣子好了，我去給你把條件全說好了，省得你當面去接洽，怪僵的！』家茵笑道：『那麼又得費你的心！』秀娟笑著不說什麼，却去拉著她一隻手腕，輕輕搖撼了一下，順便看了看家茵的手錶，立刻失驚道：『噯呀，我得走了！他一不舒服起來脾氣就更大，傭人呢又笨，孩子又皮……』家茵陪著她站起來道：『我知道你今天是眞忙。我也不敢留你了。』

家茵第一天去教書，那天天氣特別好，那地方雖也是衖堂房子，却是半隔離的小洋房，光緻緻的立體式，樓上一角陽台伸出來蔭蔽著大門，她立在門口，如同在簷下。那屋簷挨近藍天的邊沿上有一條光，極細的一道，像船邊的白浪。仰頭看著，彷彿那乳黃水泥房屋被擲到冰冷的藍海裏去了，看著心曠神怡。

她又重新看了看門牌，然後撳鈴。一個老媽子來開門，家茵道：『這兒是夏公館嗎？』那女傭總懷疑人家來意不善，說：『噯。——找誰？』家茵道：『我姓虞。』這女傭姚媽年紀不上四十，是個吃齋的寡婦，生得也像個白白胖胖的俏尼僧。她把來人上上下下打量著，說：『哦……』家茵又添了一句道：『福煦路的夏太太本來要陪我一塊兒來的，因為這兩天家裏事情忙，走不開……』姚媽這才開了笑臉道：『噯，你就是那個虞小姐吧？聽見我們三奶奶說來著！請進來吧。』家茵進去了，她關上大門，開了客室的門，說道：『您坐一會兒。』回過頭來便向樓上喊：『小鑾！小鑾！你的老師來了！』一路叫上樓去，道：『小鑾，快下來念書！』

客室佈置得很精緻，那一套皮沙發多少給人一種辦公室的感覺。沙發上堆著一雙溜冰鞋與汚黑的皮球，一隻洋娃娃却又躺在地下。房間儘管不大整潔，依舊冷淸淸的，好像沒有人住。裏間用一截矮橱隔開來作為書房。家茵坐下來好一會方見姚媽和那個孩子在門口拉拉扯扯，姚媽說：『進來呀！好好的進來！』女孩子被拖了進來，然而還扳住門口的一隻椅子。姚媽道：『我們去見老師去！叫老師！』家茵笑道：『她是不是叫小鑾哪？小鑾你幾歲了？』姚媽代答道：『八歲了，還一點兒都不懂事！』一步步拖她上前，連椅子一同拖了來。家茵道：『小鑾，你怎麼不說話呀？』姚媽道：『她見了生人，膽兒小。平常話多著哪！兇著哪！』硬把她納在椅上坐下，自去倒茶。家茵繼續笑問道：『小鑾是啞巴，是不是啊？』姚媽不在旁邊，小鑾便不識羞起來，竟破例的搖了搖頭。而且，看見家茵脫下大衣，她便開口說：『我也要脫！』家茵道：『怎麼？你熱啊？』她道：『熱。』家茵摸摸她身上，棉袍上罩著絨線衫，裏面還襯著絨線衫羊毛衫，便道：『你是穿得太多了。』給她脫掉了一件。見桌上有筆硯，家茵問：『會不會寫字啊？』小鑾點點頭。家茵道：『你把你的名字寫在這本書上，好不好？我給你磨墨。』小鑾點點頭，果然在書面上寫出『夏小鑾』三字。家茵正在誇讚：『小鑾寫得眞好！』見她仍舊埋頭往下寫著，連忙攔阻道：『噯，好了，好了，夠了！』再看，原來加上了『的書』二字，不覺笑了起來道：『對了，這就錯不了了！』

姚媽送茶進來，見小鑾的絨線衫搭在椅背上，便道：『喲！你怎麼把衣裳脫啦！這孩子！快穿上！』小鑾一定不給穿，家茵便道：『是我給她脫的。衣裳穿得太多也不好，她頭上都有汗呢！』姚媽道：『出了汗不更容易著涼了？您不知道這孩子，就愛生病，還不聽話——』家茵忍不住說了一句：『她挺聽話的！』小鑾接口便向姚媽把頭歪著重重的點了一點，道：『嗳！老師說我聽話呢！是你不聽話，你還說人！』姚媽一時不得下台，一陣風走去把唯一的一扇半開的窗砰的一聲關上了，咕噥著說道：『說我不聽話！你凍病了你爸爸罵起人來還不是罵我啊！』

鐘點到了，家茵走的時候向小鑾說：『那麼我明天早起九點鐘再來。』小鑾很不放心，跟出去牽著衣服說：『老師！你明天一定要來的啊！』姚媽一面去開門，一面說小鑾：『我的小姐，你就別上大門口去了！再一吹風——衣裳又不穿——』家茵也叫小鑾快進去，她一走，姚媽便把小鑾一把拉住道：『快去把衣裳穿起來！』小鑾道：『我不穿！你不聽見老師說的——』她一路上給橫拖直曳的，兩隻脚在地板上嗤嗤的像溜冰。姚媽一面念叨著一面逼著她加衣服：『老師說的！才來了一天工夫，就把孩子慣得不聽話！孩子凍病了，凍死了，你這飯碗也沒有了！礙不著我什麼呵——我反正當老媽子的，沒孩子我還有事做！沒孩子你教誰？』

小鑾掙扎著亂打亂踢，哭起來了。汽車喇叭響，接著又是門鈴響，姚媽忙道：『別哭，爸爸回來了！爸爸不喜歡人哭的！』小鑾抹抹眼睛搶先出去迎接，叫道：『爸爸！爸爸！新老師眞好！』她爸爸俯身拍拍她道：『那好極了！』轉問姚媽道：『今天那位——虞小姐來過了？』姚媽道：『嗳。』她把他的大衣接過來，問：『老爺要不要吃點什麼點心？』主人心不在焉的往裏走，道：『嗯，好，有什麼東西隨便拿點來吧，快點，我還要出去的。』小蠻跟在後面又告訴他：『爸爸，我眞喜歡這新老師！』她爸爸還沒有坐下就打開晚報身入其中，只說：『好極了，以後你有什麼事都去問老師，我可以不管了！』小蠻道：『唔……那不行，』她扳著他的腿，使勁搖著他，囉唕不休道：『爸爸，這個老師眞好看！』她爸爸半晌方才朦朧地應了聲『唔？』小蠻著急起來道：『爸爸你怎麼不聽我說話呀？……爸爸，老師說我眞乖，眞聰明！』她爸爸耐煩地說道：『嗳，小蠻是眞乖！你聽話，你讓姚媽帶你上樓去玩，啊！爸爸要淸靜一會兒。』

小蠻有一天很興奮的告訴家茵說明天要放假。家茵笑道：『怎麼才念了幾天書，倒又要放假啦？』小蠻道：『我明天過生日。』家茵道：『啊，你就要過生日啦？你預備怎麼玩呢？』小蠻聽了這話却又愀然道：『沒有人陪我玩！』家茵不由得感動了，說：『我來陪你，好不好？』小蠻跳了起來道：『眞的啊，老師？』家茵問：『你喜歡看電影麼？』小蠻坐在椅子上一顛一顛，眼睛朝上翻著看著自己額前掛下來的一綹頭髮擊打著眉心，笑道：『爸爸有時候帶我去看。爸爸挺喜歡帶我出去的。爸爸就頂怕跟娘一塊兒去看電影！』家茵詫異道：『爲什麼呢？』小蠻道：『因爲娘總是問長問短的！』家茵掌不住笑了，道：『你不也問長問短的麼？』小蠻道：『爸爸喜歡我呀！』隨又抱怨著：『不過他老是沒工夫……老師你明天無論如何一定要來的！』家茵道：『好。我去買了禮物帶來給你啊！』小蠻越發蹦得多高，道：『老師，你可別忘啦！』

這倒提醒了家茵，下了課出來就買了一籃水果去看秀娟的丈夫的病。本來這幾天她一直惦記著應當去一趟的。然而病人倒已經坐在客室裏抽煙了，秀娟正忙著插花，擺糖果碟子。家茵道：『喲，夏先生倒已經起來啦？好全了沒有？』夏宗麟起身讓座，家茵把水果放在桌上道：『這一點點東西我帶來的。』秀娟道：『嗳喲，謝謝你！你幹嗎還花錢哪？你瞧我這兒亂七八糟的！你上我們大哥那兒去來著嗎？小蠻聽話嗎？』家茵趁此謝了她。秀娟道：『嗳，眞的，今天就是他們公司裏請客呀，你就別走了，待會兒大哥也要來。你不也認識大哥嗎？』今天是請一個要緊的主顧，是宗麟拉來的，秀娟很爲得意。宗麟是副理，他大哥是經理。家茵道：『不了，我待會兒回去還有點兒事。我一直還沒見過那位夏先生呢。』秀娟道：『嗳呀，還沒看見哪？那麼正好，今天這兒見見不得了！』正說著，女傭來回說酒席傢伙送了來了，秀娟道：『你等著我來看著你擺。』家茵便站起身來道：『你這兒忙，我過一天再來看你罷。』到底還是脫身走了。

次日她又去給小蠻買了件禮物。她也是如一切女人的脾氣，已經在這一家買了，還有點不放心，隔壁兩家店鋪裏也去看看，要確實曉得沒有更適宜更便宜的了。誰知她上次在電影院裏遇見的那個人，這時候也來到這裏，覺得這橱窗佈置得很不錯，望進去像個耶誕卡片，扯棉拉絮大雪飄飄，搭著小紅房子，有些米老鼠小猪小狗賽璐珞的小人出沒其間。忽然，如同卡通畫裏穿插了眞人進去似的，一個女店員探身到橱窗裏來拿東西，隔著雪的珠簾，還有個很面熟的女人在她身後指點著。他一看見，不由得怔住了。

他也走到這爿店裏去，先看看東西，然後才看到人，兩人都頓了一頓，輕輕的同時叫了出來：『咦？眞巧！』他隨即笑道：『又碰見了！——我正在這兒沒有辦法，不知道您肯不肯幫我一個忙。』家茵用詢問的眼光向他望去，他道：『我要買一個禮物送給一個八歲的女孩子，不知買什麼好。』說到這裏他笑了一笑，又道：『女孩子的心理我不大懂。』家茵也沒有理會得他這話是否帶有說笑話的意思，她道：『女孩子大半都喜歡洋娃娃吧？買個洋娃娃怎麼樣？』他道：『那麼索性請你替我揀一個好不好？』有的臉太老氣，有的衣服欠好，有的不會笑；她很認眞的挑了個。他付了錢，道：『今天爲我耽擱了你這麼許多時候，無論如何讓我送你回去罷。』家茵躊躇了一下，說：『要是不太繞道的話……不過我今天要去那個地方很遠，在白賽仲路。』他道：『那就更巧了！我也是要到白賽仲路！』這麼說著，自己也覺得簡直像說謊。

兩人坐到汽車裏，車子開到一家人家門口停下來，那時候他已經明白過來了，臉上不由得浮起了說謊者的微妙的笑容。他先下車替她開著車門，家茵跳下來，說：『那麼，再會了，眞是謝謝！』她走上台階撳鈴，他也跟上來，她一覺得形勢不對，便著慌起來，回身笑說：『眞是對不起，我不能夠請您進來了，這兒也不是我自己家裏——』然而姚媽已經把門開了，家茵無法把她背後這釘梢的人馬上頓時立刻毀滅了不叫人看見，唯有硬著頭皮趕快往裏頭一竄，不料那人竟跟了進來，笑道：『可是這兒是我自己家裏呀！』家茵吃了一驚，手裏的包裹撲哧掉在地下。小蠻跑出來叫道：『老師！老師！爸爸！』家茵道：『您就是這兒的——夏先生嗎？』夏宗豫彎腰給她撿起包裹，笑道：『是的。——是虞小姐嗎？』他把東西還她，她說：『這是我送給小蠻的。』宗豫便交給小蠻道：『哪，這是老師給你的！』小蠻來不及的要拆，問道：『老師，是什麼東西呀？』宗豫道：『連謝都不謝一聲噓？』姚媽冷眼旁觀到現在，還是沒十分懂，但也就笑嘻嘻的幫了句腔：

『說「謝謝老師！」』

小鸞早又注意到宗豫手臂裏挾著的一包，指著問：『爸爸，這是什麼？』宗豫道：『這是我給你買的。你不說謝謝，我拿回去了！』然而小鸞的牛性子又發作了，只是一味的要看。家茵送的是一盒糖。宗豫向小鸞道：『讓姚媽給你收起來，等你牙齒長好了再吃罷。』又向家茵笑道：『她剛掉了一顆牙齒。』家茵笑道：『我看……』小鸞張開嘴讓她看了一看，却對著那盒糖發了會獃，悶悶不樂。家茵便道：『早知我還是買那副手套了！我倒是本來打算買手套的。』小鸞聽不得這一句話，就鬧了起來：『唔……我不要！我要手套嘍！』宗豫很覺抱歉。道：『這孩子眞可惡！當著老師一點禮貌也沒有！』一說，她索性紅頭脹臉哭了起來。家茵連忙勸著：『今天過生日，不可以哭的，啊！』小鸞嗚咽道：『我要手套！』家茵和她悄悄商量道：『你喜歡什麼顏色的手套？』小鸞拉拉她肩上的檸檬黃絨線圍巾道：『我要這個顏色的！』

姚媽得空便掩了出去，有幾句話要盤問車夫。車夫擱起了脚在汽車裏打瞌盹，姚媽倚在車窗上，一雙手抄在衣襟底下，縮著脖子輕聲笑道：『噯，喂！這新老師原來是我們老爺的女朋友啊？』車夫醒來道：『唔？不知道。從前倒沒看見過。』姚媽道：『今兒那些東西還不都是老爺自個兒買的——給她做人情，說是「老師給買的禮物，」』車夫把呢帽罩到臉上來，睡沉沉的道：『我們不知道別瞎說！』姚媽道：『要你這麼護著她！』她把眼睛一斜，自言自語著：『一直還當我們老爺是個正經人呢！原來……』車夫嫌煩起來，道：『就算他們是本來認識的，也不能就瞎造人家的謠言！』姚媽拍手拍脚的笑道：『瞧你這巴結勁兒！要不是老爺的女朋友，你幹嗎這樣巴結呀？』

吃點心的時候姚媽幫著小鑾圍飯單，便望著家茵眉花眼笑的道：『這孩子也可憐哪，沒人疼！現在好了，有老師疼了，也眞是緣分！』宗豫便打斷她道：『姚媽，去拿盒洋火來。』姚媽拿了洋火來，又向小鑾道：『眞的，小姐，趕明兒好好的念書，也跟老師似的有那麼一肚子學問，爸爸瞧著多高興啊！』宗豫皺著眉點蛋糕上的蠟燭，道：『好了好了，你去罷，有什麼事情再叫你。』他把蛋糕推到小鑾面前道：『小鑾，得你自己吹。』家茵笑道：『得一口氣把它吹滅了，讓爸爸幫著點。』

菊葉青的方楞茶杯。吃著茶，宗豫與家茵說的一些話都是孩子的話。兩人其實什麼話都不想說，心裏靜靜的。講的那些話如同摺給孩子玩的紙船，浮在淸而深的沉默的水上。宗豫看著她，她坐的那地方照點太陽。她穿著件呢的袍子，想必是舊的，因爲還是前兩年流行的大袖口。蒼翠的呢，上面捲著點銀毛，太陽照在上面也藍陰陰的成了月光，彷彿『日色冷淸松』。

姚媽進來說：『虞小姐電話。』家茵詫異道：『咦？誰打電話給我？』她一出去，姚媽便搭訕著立在一旁向宗豫笑道：『不怪我們小姐一會兒都不離開老師。連我們底下人都在那兒說：眞難得的，這位虞小姐，又和氣，又大方，眞是得人心——』宗豫沉下臉來道：『你怎麼儘著囉唣？』正說著，家茵已經進來了，說：『對不起，我現在有點兒事情，就要走了。』宗豫見她面色不太好，站起來扶著椅子，說了聲『噢！』——家茵苦笑著又解釋了一句：『沒什麼。我們家鄉有人到上海來了。我們那兒房東太太打電話來告訴我。』

是她父親來了。家茵最後一次見到她父親的時候，他還是個風致翩翩的浪子，現在變成一個邋遢老頭子了，鼻子也鈎了，眼睛也黃了，抖抖呵呵的，袍子上罩著件舊馬褲呢大衣。外貌有這樣的改變，而她一點都不詫異——她從前太恨他，太『認識』他了。眞正的了解一定是從愛而來的，但是恨也有它的一種奇異的徹底的了解。

她極力鎭定著，問道：『爸爸你怎麼會來了？』她父親迎上來笑道：『嗳呀我的孩子，現在長得眞是俊！喝！我要是在外邊見了眞不認識你了！』家茵單刀直入便道：『爸爸你到上海來有什麼事嗎？』虞老先生收起了笑容，懇切地叫了她一聲道：『家茵！我就只有你一個女兒，我跟你娘雖然離了，你總是我的女兒，我怎麼不想來看看你呢？』家茵皺著眉毛別過臉去道：『那些話還說它幹什麼呢？』虞老先生道：『家茵！我知道你一定恨我的，爲著你娘。也難怪你！嗐！你娘眞是寃枉受了許多苦啊！』他一眼瞥見桌上一個照相架子，便走近前去，籠著手，把身子一挫，和照片臉對臉相了一相，叫道：『嗳呀！這就是她吧？呀，頭髮都白了，可不是憂能傷人嗎？我眞是負心——』他脫下瓜皮帽摸摸自己的頭，嘆道：『自己倒還年輕，把你害苦了！現在悔之已晚了！』家茵不願意他對著照片指手劃脚，彷彿褻瀆了照片，她逕自把那鏡架拿起來收到抽屜裏。她父親面不改色的，繼續向她表白下去道：『你瞧，我這次就是一個人來的。你那個娘——我現在娶的那個——她也想跟著來，我就沒帶她來。可見我是回心轉意了！』

家茵焦慮地問道：『爸爸，我這兒問你呢！你這次到底到上海來幹什麼的？』虞老先生道：『家茵！我現在一心歸正了，倒想找個事做做，所以來看看，有什麼發展的機會。』家茵道：『嗳喲，爸爸！你做事恐怕也不慣，我勸你還是回去吧！』兩人站著說了半天話，虞老先生到此方才端著架子在一張椅子上坐了下來，徐徐的撈著下巴，笑道：『上海這麼大地方，憑我這點兒本事，我要是誠心做，還怕——』家茵皺緊了眉毛道：『爸爸你眞不知道現在找事的苦處！』虞老先生道：『連你都找得到事，我到底是個男子漢哪——噯，眞的，你現在在哪兒做事呀？』家茵道：『我這也是個同學介紹的，在一家人家教書。這一次我眞爲了找不到事急夠了！所以我勸你回去。』虞老先生略楞了一楞，立起來背著手轉來轉去道：『我就是聽你的話回去，連盤纏錢都沒有呢。白跑一趟，算什麼呢？』家茵道：『不過你在這兒住下來，也費錢哪！』虞老先生自衛地又有點慚恧地咕噥了一句：『我就住在你那個娘的一個妹夫那兒。』

家茵也不去理會那些，自道：『爸爸，我這兒省下來的有五萬塊錢，你要是回去我就給你拿這個買張船票。』虞老先生聽到這數目，心裏動了一動，因道：『噯，家茵你不知道，一言難盡！我來的盤纏錢還是東湊西挪，借來的，你這樣叫我回去拿什麼臉見人呢？』家茵道：『我就只有這幾個錢了。我也是新近才找到事。』虞老先生狐疑地看看她這一身穿著，又把她那簡陋的房間觀察了一番，不禁搖頭長嘆道：『嗐！看你這樣子我眞是看不出，原來你也是這麼苦啊！嗐！其實論理呀，你今年也——二十五了吧？其實應該是我做爸爸的責任，找一個門當戶對的人家兒，那麼也就用不著自個兒這麼苦了！』家茵蹙額背轉身去道：『爸爸你這些廢話還說它幹嗎呢？』虞老先生自管自慨嘆道：『噯，算了吧，我不能反而再來帶累你了！你剛才說的有多少錢？』他陡地掉轉話鋒，變得非常的爽快俐落：『那麼你就給我。我明天一早就走。』家茵取鑰匙開抽屜拿錢，道：『你可認識那船公司？』虞老先生接過錢去，笑道：『嗐！你別看不起你爸爸！——那我怎麼自個兒一個人跑到上海來的呢？』說著，已是蕭蕭灑灑的踱了出去。

他第二次出現，是在夏家的大門口，宗豫趕回來吃了頓午飯剛上了車子要走——他這一向總是常常回來吃飯的時候多——虞老先生注意到那部汽車，把車中人的身分年紀都也看在眼裏。他上門揿鈴，問道：『這兒有個虞小姐在這兒是吧？』他嗓門子很大，姚媽詫異非凡，虎起了一張臉道：『是的。幹嗎？』虞老先生道：『勞你駕，進去通報一聲，就說是她的老太爺來看她了。』姚媽將頭一抬，又一低，把他上上下下看了道：『老太爺？』

裏面客室的門恰巧沒關上，讓家茵聽見了，她疑疑惑惑走出來問：『找我啊？』一看見她父親，不由得衝口而出道：『咦？你怎麼沒走？』虞老先生笑了起來道：『傻孩子，我幹嗎走？我走我倒不來了！』家茵發急道：『爸爸你怎麼到這兒來了？』虞老先生大搖大擺的便往裏走，道：『我上你那兒，你不在家嘍！』家茵幾乎要頓足，跟在他後面道：『我怎麼能在這兒見你，我這兒還要教書呢！』虞老先生只管東張西望，嘖嘖讚道：『眞是不錯！』姚媽看這情形是眞是家茵的父親，立刻改變態度，滿面春風的往裏讓，說：『老太爺坐會兒吧，我就去給您沏碗熱茶！』虞老先生如同雨打殘荷似的點頭呵腰不迭，笑道：『勞駕勞駕！我倒正口乾呢，因爲剛才午飯多喝了一杯。到上海來一趟，不是難得的嗎！』

姚媽引路進客室，笑道：『你別客氣，虞小姐在這兒，還不就跟自個家裏一樣，您請坐，我這兒就去沏！』竟忙得花枝招展起來。小蠻見了生人，照例縮到一邊去眈眈注視著。虞老先生也誇獎了一聲：『呦！這孩子眞喜相！』家茵一等姚媽出去了，便焦憂地低聲說道：『噯呀，爸爸，眞的——我待會兒回去再跟你說吧。你先走好不好?』虞老先生反倒攤手攤脚坐下來，又笑又嘆道:『噯，你到底年紀輕，實心眼兒!你眞造化!碰到這麼一份人家，就看剛才他們那位媽媽這一份熱絡，幹嗎還要拘束呢?就這兒椅子坐著不也舒服些麼?』他在沙發上顛了一顛，蹺起一隻腿來，頭動尾巴搖的微笑說下去道:『也許有機會他們主人回來了，託他給我找個事，還怕不成麼?』家茵越發慌了，四顧無人，道:『爸爸!你這些話給人聽見了，拿我們當什麼呢?我求求你——』

一語未完，姚媽進來奉茶，又送過香煙來，幫著點火道:『老太爺抽煙。』虞老先生道:『勞駕!勞駕!』他向家茵心平氣和地一揮手道:『你們有功課，我坐在這兒等著好了。』姚媽道:『您就這邊坐坐吧!小鑾念書，還不也就那麼回事!』家茵正要開口，被她父親又一揮手，搶先說道:『你去教書得了!我就跟這位媽媽聊聊天兒。這位媽媽眞周到，我們小姐在這兒眞虧你照顧!』姚媽笑道:『噯呀，老太爺客氣!不會做事!』家茵無奈，只得和小鑾在那邊坐下，一面上課，一面只聽見他們兩人括辣鬆脆有說有笑的，彼此敷衍得風雨不透。

虞老先生四下裏指點著道:『你看這地方多精緻，收拾得多乾淨啊，你要是不能幹還行?沒看見別的媽媽嘍?就你一個人哪?』姚媽道:『可不就我一個人?』虞老先生忽又發起思古之幽情，嘆道:『那是現在時世不同了，要像我們家從前用人，誰一個人做好些樣的事呀?管鋪床就不管擦桌子!』姚媽一方面謙虛著，一方面保留著她的自傲，說道:『我們這兒事情是沒多少，不過我們老爺愛乾淨，差一點兒可是不成的!我也做慣了!』虞老先生忙接上去問道:『你們老爺挺忙呃?他是在什麼衙門裏啊?剛才我來的時候看見一位儀表非凡的爺們坐著汽車出門，就是他嗎?』姚媽道:『就是!我們老爺有一個興中藥廠，全自個兒辦的，忙著呢，成天也不在家。我們小鑾現在幸虧虞小姐來了，她也有個伴兒了!』

小鑾不停的回過頭來，家茵實在耐不住了，走過來說道:『爸爸，你還是上我家去等我吧。你在這兒說話，小鑾在這兒做功課分心。』姚媽搭訕著便走開了，怕他們父女有什麼私房話說嫌不便。虞老先生看看錶，也就站起身來道:『好，好，我就走。你什麼時候回去呢?』家茵道:『我五點半來。』虞老先生道:『那我在你那兒枯坐著三四個鐘頭幹嗎呢?要不，你這兒有零錢嗎，給我兩個，我去洗個澡去。』家茵稍稍吃了一驚，輕聲道:『咦?那天那錢呢?』虞老先生道:『嗐!你不想，上海這地方，五萬塊錢，花了這麼許多天，還不算省的嗎?』家茵不免生氣，道:『指不定你拿了上哪兒逛去了!』虞老先生脖子一歪，頭往後一仰，厭煩地斜瞅著她道:『那幾個錢夠逛哪兒呀?嗐!你眞不知道了!你爸爸不是沒開過眼的!從前上海堂子裏姑娘，提起虞大少來，誰不知道!那!那時候的倌人，眞有一副功架!那眞是有一手!現在!現在這班，什麼舞女囉，嚮導囉，我看得上眼?都是些沒經過訓練的黃毛丫頭，只好去騙騙暴發戶!』家茵擰著眉頭，也不作聲，開皮包取出幾張鈔票遞給他，把他送走了。

小鑾伏在桌上枕著個手臂，一直悄沒聲兒的，這時候却幽幽的叫了聲:『老師!……老師，我想吃西瓜!』家茵走來笑道:『這天哪有西瓜?』小鑾道:『那就吃冰淇淋。我想吃點涼的。』家茵俯身望著她道:『呦!你怎麼啦?別是發熱了?』小鑾道:『今天早起就難受。』家茵道:『噯呀！那你怎麼不說啊？』小蠻道：『我要早說就連飯都沒得吃了！』家茵摸摸她額上，嚇了一跳道：『可不是——熱挺大呢！』忙去叫姚媽，又回來哄著拍著她道：『你聽老師的話，趕快上床睡一覺吧，睡一覺明兒早上就好了！』

她看著小蠻睡上床去，又叮嚀了姚媽幾句話：『等到六點鐘你們老爺要是還不回來，你打電話去跟老爺說一聲。她那熱好像不小呢！』姚媽道：『噢。您再坐一會兒吧？等我們老爺回來了，讓汽車送您回去吧？』家茵道：『不用了，我先走了。』她今天回家特別早，可是一直等到晚上，她父親也沒來，猜著他大約因為拿到了點錢，就又杳如黃鶴了。

當晚夏家請了醫生，宗豫打發車夫去買藥。他在小孩房裏踱來踱去，人影幢幢，孩子臉上通紅的，迷迷糊糊嘴裏不知在那裏說些什麼。他突然有一種不可理喻的恐怖，彷彿她說的已經是另一個世界的語言了。他伏在毯子上，湊到她枕邊去凝神聽著。原來小蠻在那裏喃喃說了一遍又一遍：『老師！老師！唔……老師你別走！』宗豫一聽，心裏先是重重跳了一下，倒彷彿是自己的心事被人道破了似的。他伏在她床上一動也沒動，背著燈，他臉上露出一種複雜的柔情，可是簡直像洗濯傷口的水，雖是涓涓的細流，也痛苦的。他把眼睛睞了一睞，然後很慢很慢的微笑了。

家茵的房裏現在點上了燈。她剛到房客公用的浴室裏洗了些東西，拿到自己房間裏來晾著，兩雙襪子分別掛在椅背上，手絹子貼到玻璃窗上。一條網花白蕾絲手帕，一條粉紅的上面有藍墨水的痕跡，一條雪青的，窗格子上都快貼滿了，就等於放下了簾子，留住了她屋子的氣氛。手帕溼淋淋的，玻璃上流下水來，又有點像『雨打梨花深閉門』。無論如何她沒想到這時候還有人來看她。

她聽見敲門，一開門便吃了一驚，道：『咦？夏先生！』宗豫道：『冒昧得很！』家茵起初很慌張，說：『請進來，請坐罷。』然而馬上想到小蠻的病，也來不及張羅客人了，就問：『不知道夏先生回去過沒有？剛才我走的時候，小蠻有點兒不舒服，我正在這兒很不放心的。』宗豫道：『我正是爲這事情來的。』家茵又是一驚，道：『噢。——請大夫看了沒有？』宗豫道：『大夫剛來看過。他說要緊是不要緊的，可是得特別當心，要不然怕變傷寒。』家茵輕輕的道：『噯呀，那倒是要留神的。』宗豫道：『是啊。所以我這麼晚了還跑到這兒來，想問問您肯不肯上我們那兒去住幾天，那我就放心了。』家茵不免躊躇了一下，然而她答應起來却是一口答應了，說：『好，我現在就去。』宗豫道：『其實我不應當有這樣的要求，不過我看您平常很喜歡她的。她也眞喜歡您，剛才睡得糊裏糊塗的，還一直在那兒叫著「老師，老師」呢！』家茵聽了這話倒反而有一點難過，笑道：『眞的嗎？——那麼請您稍微坐一會兒，我來拿點零碎東西。』她從床底下拖出一隻小皮箱，開抽屜取出些換洗衣服裝在裏面。然後又想起來說：『我給您倒杯茶。』倒了點茶滷子在杯子裏，把熱水瓶一拿起來，聽裏面簌簌有聲，她很不好意思的說道：『哦，我倒忘了——這熱水瓶破了！我到樓底下去對點熱水罷。』宗豫先不知怎麼有一點怔怔的，這時候才連忙攔阻道：『不用了，不用了。』他在一張椅子上坐下了，才一坐下，她忽然又跑了過來，紅著臉說：『對不起！』從他的椅背上把一雙溼的襪子拿走了，掛在床欄杆上。

她理東西，他因爲要避免多看她，便看看這房間。這房間是她生活的全貌，一切都在這裏了。壁角放著個洋油爐子，挨著五斗橱，橱上擱著油瓶、飯鍋、蓋著碟子的菜碗、白洋磁臉盆，盆上搭著塊粉紅寬條子的毛巾。小鐵床上鋪著白色線毯，一排白繐子直垂到地下，她剛才拖箱子的時候把床底下的鞋子也帶了出來，單只露出一只天青平金綉花鞋的鞋尖。床頭另堆著一疊箱子，最上面的一隻是個小小的朱漆描金皮箱。舊式的挖雲銅鎖，已經銹成了青綠色，配著那大紅底子，鮮豔奪目。在黃昏的燈光下，那房間如同一種黯黃紙張的五彩工筆畫卷。幾件雜湊的木器之外還有個小籐書架，另有一面大圓鏡子，從一個舊梳妝台上拆下來的，掛在牆上。鏡子前面倒有個月白冰紋瓶裏插著一大枝蠟梅，早已成爲枯枝了，老還放在那裏，大約是取它一點姿勢，映在鏡子裏，如同從一個月洞門裏橫生出來。

宗豫也說不出來爲什麼有這樣一種恍惚的感覺，也許就因爲是她的房間，他第一次來。看到那些火爐飯鍋什麼的，先不過覺得好玩，再一想，她這地方才像是有人在這裏過日子的，不像他的家，等於小孩子玩的紅綠積木搭成的房子，一點人氣也沒有。

他忽然覺得半天沒說話了，見到桌上有個照相架子，便一伸手拿過來看了看，笑道：『這是你母親麼？很像你。』家茵微笑道：『像麼？』宗豫道：『你們老太太不在上海？』家茵道：『她在鄉下。』宗豫道：『老太爺也在鄉下？』家茵摺疊著衣服，却頓了一頓，然後說：『我父親跟母親離了婚了。』宗豫稍有點驚異，輕聲說了聲：『噢。——那麼你一個人在上海麼？』家茵說：『噯。』宗豫道：『你一個人在這兒你們老太太倒放心麼？』家茵笑道：『也是叫沒有辦法，一來呢我母親在鄉下住慣了，而且就靠我一個人，在鄉下比較開銷省一點。』宗豫又道：『那麼家裏還有沒兄弟姐妹呢？』家茵道：『沒有。』宗豫忽然自己笑了起來道：『你看我問上這許多問句，倒像是調查戶口似的！』家茵也笑，因把皮箱鎖了起來，道：『我們走罷。』她讓他先走下樓梯，她把燈關了，房間一黑，然後門口的黑影把門關了。

玻璃窗上的手帕貼在那裏有許多天。

虞老先生又到夏家去了一趟。這次姚媽一開門便滿臉堆上笑來，道：『啊，老太爺來了！老太爺您好啊？』虞老先生讓她一抬舉，也就客氣得較有分寸了，只微微一笑道：『嗳，好！』進門便問：『我們小姐在這兒嗎？我上她那兒去了好幾趟都不在家。』姚媽道：『虞小姐這兩天住在我們這兒呢！因爲小蠻病了，都虧虞小姐招呼著。』虞老先生道：『哦……』他兩眼朝上翻著，手摸著下巴，暗自忖量著，踱進客室，接下去就問：『你們老爺在家嗎？』姚媽道：『老爺今天沒回來吃飯，大概有應酬。——老太爺請坐！』

虞老先生坐下來，把腿一蹺，不由得就感慨系之，道：『唉，像你們老爺這樣，正是轟轟烈烈的時候。我們是不行嘍——過了時的人嘍，可憐啷！』姚媽忙道：『你老太爺別說這些話！您福氣好，有這麼一個小姐，這一輩子還怕有什麼嗎？』言無二句，恰恰的打到虞老先生心坎裏去，他也就正色笑道：『那我們小姐，她倒從小就聰明，她也挺有良心的，不枉我疼她一場！你別瞧她不大說話，她挺有心眼子的——她趕明兒不會待錯你的！』姚媽聽這口氣竟彷彿他女兒已經是他們夏家的人了，這話倒叫人不好答的，她當時就只笑了笑，道：『可不是虞小姐待我們底下人眞不錯！您坐，我去請虞小姐下來。』剩下虞老先生一個人在客室裏，他馬上手忙腳亂起來，開了香烟筒子就撈了把香烟塞到衣袋裏。

姚媽笑吟吟的去報與家茵：『虞小姐，老太爺來了。』家茵震了一震，道：『啊？』姚媽道：『我正在念叨著呢，怎麼這兩天老太爺沒來嘛？老太爺眞和氣，一點兒也不搭架子！』家茵委實怕看姚媽那笑不嗤嗤的臉色，她也不搭碴，只說了聲：『你在這兒看著小蠻，我一會兒就上來。』

她一見她父親就說：『你怎麼又上這兒來做什麼？上次我在家裏等著你，又不來！』虞老先生起立相迎道：『你幹嗎老是這麼恨？都是你不肯說——』他把聲音放低了，借助於手勢道：『這兒夏先生有這麼大一個公司，他哪兒用不著我這樣一個人？只要你一句話！』家茵愁眉雙鎖，兩手互握著道：『不是我不肯替你說，我自個兒已經是薦了來的，不能一家子都靠著人家！』虞老先生悄悄的道：『你怎麼這麼實心眼子啊？這兒這夏先生既然有這麼大的事業，你讓他安插兩個人還不容易？你爸爸在公司裏有個好位子，你也增光！』家茵道：『爸爸你就饒了我罷！你不替我丟臉就行了，還說增光！』一句話傷了虞老先生的心，他嚷了起來道：『你不要拿蹻了！你不說我自個兒同他說！他對你有這份心，橫豎也不能對你老子這一點事都不肯幫忙！我到底是你的老子呀！』他氣憤憤的往外走，家茵急得說：『你這算哪一齣？叫人家底下人聽著也不成話！』攔他不住，他還是一路高聲咕嚷著出去：『說我坍台！自個兒索性在人家住下了——也不嫌沒臉！』姚媽這時候本來早就不在小蠻床前而在樓下穿堂裏，她搶著替他開門道：『老太爺您走啦？』虞老先生恨恨的把兩手一摔，袖子一洒，朝她說了句：『養女兒到底沒用處，從前老話沒錯！』

家茵氣得手足冰冷。她獨自在樓底下客廳裏有半天的工夫。回到樓上來，還有點神思恍惚。

一開門，却見姚媽坐在小鸞床上餵她吃東西，床上擱著一隻盤子，裏面托著幾色小菜。家茵一時怔住了說不出話來，姚媽先笑道：『虞小姐，我給小鸞煮了點兒稀飯——』家茵慌忙走過來道：『噯呀，她不能吃，她已經好多天沒吃東西了，禁不起！』姚媽不悅道：『喲！我都帶了她好多年了，我還會害她呀？』家茵一看托盤裏有肉鬆皮蛋，一著急，馬上動手把盤子端開了，道：『你不懂——醫生說的，恐怕會變傷寒，只能吃流質的東西——』姚媽至此便也把臉一沉，一隻手端著碗，一隻手拿著雙筷子在空中點點戳戳，道：『我當然是不懂，我又沒念過書，不認識字！不過看小孩子我倒也看過許多了，養也養過幾個！』家茵也覺得自己剛才說的話太欠斟酌，勉强笑了一笑道：『當然我知道你是爲她好，不過反而害了她了！』姚媽道：『我想害她幹嗎？我又不想嫁給老爺做姨太太！』家茵失色道：『姚媽你怎麼了？我又不是說你想害她——』姚媽把碗筷往托盤裏重重的一擱，端了就走，一路嘟囔著：『小鸞長到這麼大了，怎麼活到現在啦？我知道，我們老爺就是昏了心。』家茵到這時候方才回過味來，不禁兩淚交流。

姚媽將飯盤子送入廚下，指指樓上對廚子說道：『沒看見這樣不要臉的人！良心也黑，連這麼一個孩子，因爲是我們太太養的，都看不得！將來要是自己養了還了得嗎！』廚子詫異道：『嗳，你怎麼了？』姚媽只管氣烘烘的數落下去道：『現在時世不對了，從前的姨奶奶也得給祖宗磕了頭才能算；現在，是她自個兒老子說的，就住到人家來了，還要招著孩子管！』廚子徐徐的在圍裙上擦著手，笑道：『今天怎麼啦？你平常不是巴結得挺好嗎？今天怎麼得罪了你啦？』姚媽也不理他，自道：『可憐這孩子，再不吃要餓死了！不病死也餓死了！這些天了，一粒米也沒吃到肚裏。可憐我們太太在那兒還不知道呢——她沒良心我不能沒良心，我明兒就去告訴太太去！太太待我不錯呀！』說著，便傷感起來，掀起衣角擦了擦眼睛，回身便走。廚子拉了她一把，道：『我勸你省省罷！』姚媽道：『呸！像你這種人沒良心的！太太從前也沒錯待你！眼看著孩子活活的要給她餓死了！——我這就去歸折東西去。』

不久，她拎著個大包袱穿過廚房，廚子道：『啊？你眞走啦？』姚媽正眼也不看他，道：『還是假的？』廚子趕上去攔著她道：『噯，你走，不跟老爺說？待會兒老爺問起你來，我們怎麼說？』姚媽回過頭來大聲道：『老爺！老爺都給狐狸精迷昏了！——你就說好了：說小鸞病了，我下鄉去告訴太太去了！』

小鸞的臥房裏，晚上點著個淡青的西瓜形的燈，瓜底下垂下一叢綠穗子。家茵坐在那小白椅上拆絨線，宗豫走進來便道：『咦？你的圍巾，爲什麼拆了？』家茵道：『我想拆了給她打副手套。』宗豫抱歉地笑道：『噯呀，眞是——我要是記得我就去給她買來了！』家茵笑道：『這顏色的絨線很難買，我到好幾個店裏都問過了，配不到。』小鸞醒了，翻過身來道：『爸爸，等老師給我把手套打好了，我馬上戴著上街去，上公園去。』宗豫笑道：『這麼著急啊？』小鸞道：『我悶死了！——老師你講個故事給我聽。』家茵笑道：『老師肚子裏那點故事都講完了，沒有了。我家裏倒有一本童話書，過天我拿來給你看，好不好？』小鸞悶懨懨的又睡著了。

家茵恐怕說話吵醒她，坐到遠一點的椅子上去，將絨線繞在椅背上。宗豫跟過來笑道：『我能不能幫忙？』家茵道：『好，那麼您坐在這兒，把手伸著。』他讓她把絨線綳在他兩隻手上，又回過頭去望了望小蠻，輕聲道：『手套慢慢的打，不然打好了她又鬧著要出去。』家茵點頭道：『我知道，小孩就是這樣！』宗豫聽她口吻老氣橫秋的，不覺笑了起來道：『不知道爲什麼，我總是覺得你比她大不了多少。倒好像一個是我的大女兒，一個是我的小女兒。』家茵瞅了他一眼，低下頭去笑道：『哦？你倒佔人家的便宜！』宗豫笑道：『其實眞要算起年紀來，我要有這麼大的一個女兒大概也可能。』家茵道：『不，哪裏！』宗豫道：『你還不到二十罷？』家茵道：『我二十五了。』宗豫道：『我三十五。』家茵道：『也不過比我大十歲！』正因爲她是花容月貌的坐在他對面，倒反而使他有一點感慨起來，道：『可是我近來的心情很有點衰老了。』家茵道：『爲什麼呢？在外國，像這樣的年紀還正是青年呢。』宗豫道：『大概因爲我們到底還是中國人罷？』

一個新僱的老媽子來回說有客人來了，遞上名片。宗豫下樓去會客。小蠻躺在床上玩弄著他丟下的一副皮手套，給自己戴上試試，大得像熊掌。她笑了起來道：『老師你看你看！』家茵硬給她脫下了，把手塞到被窩裏去，道：『別又凍著了！剛好了一點兒。』她把宗豫的手套拿著看看，邊上都裂開了。她微笑著，便從皮包裏取出一張別著針線的小紙，給他縫兩針。小蠻忽然大叫起來道：『老師，你怎麼給爸爸補手套，倒不給我打手套？幾時給我打好呀？』家茵急急的把線咬斷了，把針線收了起來，道：『你別嚷嚷。待會兒爸爸來了你也別跟他說，啊？你要是告訴他，我不跟你好了，我回家去了！』小蠻道：『唔……你別回家！』家茵道：『那麼你就別告訴他。』

她把那手套仍舊放在小蠻枕邊。宗豫再回到樓上來先問小蠻：『老師呢？』小蠻道：『老師去給我做橘子水去了。』宗豫見小蠻在那裏把那副手套戴上脫下的玩，便道：『你就快有好手套戴了，你看我的都破了！』小蠻揸開五指道：『哪兒破了？沒破！』宗豫仔細拿著她的手看了看，道：『咦？我記得是破的嘿！』小蠻笑得格格的，他便道：『今天大概是好了，精神這麼好──是誰給補上的？』小蠻自己摀著嘴，道：『我不告訴你！』宗豫道：『爲什麼不告訴我呢？』小蠻道：『我要是告訴你，老師就不跟我好了。』宗豫微笑道：『好，那你就別告訴我了。』他執著手套，緩緩的自己戴上了，反覆看著。

家茵一等小蠻熱退盡了，就搬回去住了。次日宗豫便來看她，買了一盒衣料作爲酬謝，說道：『我買衣料是絕對的不在行，恐怕也不合適。』還有一個盒子，他說：『上回好像看見你有個熱水瓶破了，我帶了一個來。』家茵微笑道：『您眞太細心了。眞是謝謝！』洋油爐子上有一鍋東西嘟嘟煮著，宗豫向空中嗅了一嗅，道：『好香！』家茵很不好意思的揭開鍋蓋，笑道：『是我母親從鄉下給我帶來的年糕──』宗豫又道：『聞著眞香！』家茵只得笑道：『要不要吃點兒嚐嚐，可是沒什麼好吃。』宗豫笑道：『我倒是餓了。』家茵笑著取出碗筷道：『我這兒飯碗也只有一個。』她遞了給他，她自己預備用一個缺口的藍邊菜碗，宗豫見了便道：『讓我用那個大碗，我吃得比你多。』家茵笑道：『吃了再添不也是一樣嗎？』宗豫道：『添也可以多添一點。』

家茵正在用調羹替他舀著，樓梯上有人叫：『虞小姐，有封信是你的！』家茵拿了信進來，一面拆著，便說：『大概是我上次看了報上的廣告去應徵，來的回信。』宗豫笑道：『可是來得太晚了！』家茵讀著信，道：『這是廈門的一個學校，要一個教員，要擔任國英算史地公民自然修身歌唱體操十幾種課程──可了不得！還要管庶務。』宗豫接過來一看，道：『供膳宿，酌給津貼六萬元。這簡直是笑話嘍！也太慘了！這樣的事情難道眞還有人肯去做？』兩人笑了半天，把年糕湯吃了。

宗豫想起來問：『哦，你說你有一本兒童故事，小蠻可以看得懂的。』家茵道：『對了，讓我找出來給你帶了去。』宗豫道：『我們中國眞是，不大有什麼書可以給小孩看的。』家茵道：『噯。』她在書架上尋來尋去尋不到，忽道：『哦，墊在這底下呢！這地板有一條塌下去了，所以我拿本書墊著──』她蹲下身去把那本書一抽，不想那小籐書架往前一側，一瓶香水滾下來，潑了她一身，跌在地下打碎了。宗豫笑道：『噯呀，怎麼了？』他趕過來，掏出手絹子幫她把衣服上擦了擦。家茵紅著臉扶著書架子，道：『眞要命，我這麼粗心！』她換了本書把書架子墊平了，連忙取過掃帚，把玻璃屑掃到門背後去。宗豫湊到手帕上聞了一聞，不由得笑道：『好香！我這手絹再也不去洗它了。留著做個紀念。』家茵也不作聲，只管低著頭，把地掃了，把地下的破瓶子與那本書拾了起來。宗豫接過書去，上面濺了些水漬子，他拿起桌上那封信便要用它揩拭，却被家茵奪過信箋，道：『噯，不，我要留著。』宗豫怔了一怔，道：『怎麼？你──想到廈門去做那個事？』家茵其實就在這幾分鐘內方才有了一個新的決心，她只笑了一笑。宗豫便也沉默了下來。打碎的那瓶香水，雖然已經落花流水杳然去了，香氣倒更濃了。宗豫把那破瓶子拿起來看了看，將它倚在窗台上站住了，順手便從花瓶裏抽出一枝洋水仙來插在裏面。家茵靠在床欄杆上遠遠的望著他，兩手反扣在後面，眼睛裏帶著淒迷的微笑。

宗豫又把箱子蓋上的一張報紙心不在焉的拿在手中翻閱，道：『國泰這部電影好像很好，一塊兒去看好麼？』家茵不禁噗嗤一笑，道：『這是舊報紙。』宗豫『哦』了一聲，自己也笑了起來，又道：『現在國泰不知在做什麼？去看五點的一場好麼？』家茵頓了頓，道：『今天我還有點兒事，我不去了。』宗豫見她那樣子是存心冷淡他，當下也告辭走了。

她撕去一塊手帕露出玻璃窗來，立在窗前看他上車子走了，還一直站在那裏，呼吸的氣噴在玻璃窗上，成爲障眼的紗，也有一塊小手帕大了。她用手在玻璃上一陣抹，正看見她父親從衖堂裏走進來。

虞老先生一進房，先親親熱熱叫了聲『家茵！』家茵早就氣塞胸膛，哭了起來道：『爸爸，你眞把我害苦了！跑到他們家去胡說一氣……』他拍著她，安慰道：『噯喲，我是你的爸爸，你有什麼話全跟我說好了！我現在完全明白了，你怕我幹什麼呢？夏先生人多好！』家茵火極了，反倒收了淚，道：『你是什麼意思？』虞老先生坐下來，把椅子拖到她緊跟前，道：『孩子，我跟你說——』他摸了摸口袋裏，只摸出一隻空烟匣，因道：『喂，你叫他們底下給我買包香烟去。』家茵道：『人家的傭人我們怎麼能支使啊？』虞老先生道：『那有什麼要緊？』家茵道：『住在人家家裏，處處總得將就點。』虞老先生道：『不是我說你，有那麼好的地方怎麼不搬去呢？偏要住這麼個窮地方，多受彆啊！』家茵詫異道：『搬哪兒去呀？』虞老先生道：『夏先生那兒呀！他們那屋子多講究啊！』家茵道：『你這是什麼話呢？』虞老先生笑道：『噯呀，對外人瞞末，對自己人何必還要——』家茵頓足道：『爸爸你怎麼能這麼說！』

虞老先生柔聲道：『好，我不說。我們小姐發脾氣了！不過無論怎麼樣，你託這個夏先生給我找個事，那總行！』

正說到這裏，房東太太把家茵叫了去聽電話。家茵拿起聽筒道：『喂？……哦，是夏先生嗎？……啊？現在你在國泰電影院等我？可是我——喂？——喂？——怎麼沒有聲音了？』她有點茫然，半晌，方才掛上電話。又楞了一會，回到房裏來，便急急的拿大衣和皮包，向她父親說：『我現在要出去一趟有點事情，你回去平心靜氣想一想。你要想叫我託那夏先生找事，那是絕對不行的。你這兩天攪得我心裏亂死了！』虞老先生神色沮喪，道：『噢，那麼我在這兒再坐會兒。』家茵只得說：『好罷，好罷。』

她走了，虞老先生背著手徘徊著，東張西望，然後把抽屜全抽開來看過了，發現一盒衣料，忽然心生一計。他攜著盒子，一溜烟下樓，幸喜無人看見。他從後門出去了又進來，來到房東太太的房間裏。推門進去，笑道：『孫太太，我買了點兒東西送你。我來來去去，一直麻煩你——不成敬意！』房東太太很覺意外，笑得口張眼閉，道：『噯喲，虞老先生，您太客氣了，幹嗎破費呀！』虞老先生道：『噯，小意思，小意思！』他把肩膀一端，仿著日本風從牙縫裏『嗞——』吸了口氣，攢眉笑道：『我有點小事我想託你，不知道你肯不肯？』孫太太道：『只要我辦得到我還有什麼不肯的麼？』虞老先生道：『因爲啊，不瞞你孫太太說，我女兒在你這兒住了這些時，本來你什麼都知道的；我知道你是好人，也不會說閒話的。不過你想，弄了這麼個夏先生常跑來，外人要說閒話了！女孩子總是傻的，這男人你是什麼意思？我做父親的不到上海來就罷，既然來了，我就得問問他是個什麼道理！』孫太太點頭，道：『那當然，那當然！』虞老先生道：『我也不跟他鬧，就跟他說說清楚。他要是眞有這個心，那麼就趁著我在這兒，就把事情辦了！』孫太太點頭不迭，道：『那也是正經！』虞老先生道：『我想請你看見他來了就通知我一聲。他什麼時候約著來，我女兒總不肯告訴我。』孫太太道：『那我一定通知你！』

家茵趕到戲院裏，宗豫已經等了她半天，靠在牆上，穿著深色的大衣，雖在人叢裏，臉色卻有一點淒寂，很像燈下月下的樹影倚在牆上。看見她，微笑著迎上前來，家茵道：『怎麼你只說一個地點同時間就把電話掛斷了？我也沒來得及跟你說我不能夠來。不來，又怕你老在這兒等著我。』宗豫笑道：『我就是怕你說你不能夠來呀！』家茵笑道：『你這人眞是！』

他引路上樓梯，道：『我們也不必進去了，已經演了半天了。』家茵道：『那麼你爲什麼要約在戲院裏呢？』宗豫道：『因爲我們第一次碰見是在這兒。』二人默然走上樓來，宗豫道：『我們就在這兒坐會兒罷。』坐在沿牆的一溜沙發上，那裏的燈光永遠像是微醺。牆壁如同一種粗糙的羊毛呢。那穿堂裏，望過去有很長的一帶都是暗昏昏的沉默，有一種魅豔的荒涼。宗豫望著她，過了一會，方道：『我要跟你說不是別的——昨天聽你說那個話，我倒是很擔心，怕你眞的是想走。』家茵頓了一頓，道：『我倒是想換換地方。』宗豫道：『你就是想離開上海，是不是？』家茵道：『是的，我覺得……老是這樣待下去，好像是不大好。』宗豫明知故問，道：『爲什麼呢？……我倒勸你還是待在上海的好。』有個收票人看他們老坐著不走，像是白借這地方談心，走過來，彷彿很注意他們。宗豫也覺得了，他做出不耐煩的神氣，看了看手錶，大聲道：『噯呀，怎麼老不來了！不等他了，我們走罷。』兩人笑著一同走了。

他先請她上館子吃了飯再看夜場電影，但是沒再深談。

又一天，他忽然晚上來看她，道：『你沒想到我這時候來罷？我因爲在外邊吃了飯，時候還早，想著來看看你。不嫌太晚罷？』家茵笑道：『不太晚，我也剛吃了晚飯呢。』她把一盞燈拉得很低，燈下攤著一副骨牌。他道：『你在做什麼呢？』家茵笑道：『起課。』宗豫道：『哦？你還會這個啊？』

他把桌上的一本破舊的線裝本的課書拿起來翻著，帶著點藐視的口吻，微笑問道：『靈嗎？』家茵笑道：『我也是鬧著玩兒。從前我父親常常天亮才回家，我母親等他，就拿這個消遣。我就是從我母親那兒學來的。』宗豫坐下來弄著牌，笑道：『你剛才起課是問什麼事？』家茵笑道：『問哪？……問將來的事。』宗豫道：『那當然是問將來的事，難道是問過去？你問的是將來的什麼事？』家茵道：『唔……不告訴你。』宗豫看了她一眼，道：『我也許可以猜得著。……讓我也來起一個好不好？』家茵道：『好，我來幫你看。你問什麼呢？』宗豫笑道：『你不告訴我我也不告訴你。說不定我們問一樣的事呢！』

他洗了牌，照她說的排成一長條。她站在他背後俯身看著，把成副的牌都推上去，道：『喲，挺好，是上上。再來，要三次。——噯呀，這個不大好，是中下。』她倒已經心慌起來，帶笑叮囑道：『得要誠心默禱，不然不靈的。』宗豫忽然注意到烟灰盤上的洋火盒裏斜斜插著的一支香，笑了起來道：『你眞是誠心，還點著香呢！』香已經捻滅了，家茵待要給他點上，宗豫却道：

『不用了。這也是一樣的——』他把他吸著的一支香烟插在煙灰盤子裏。重新洗牌，看牌，家茵道：『嗳呀，不大好——下下。』她勉强打起精神，笑道：『不管！看看它怎麼說。』宗豫翻書，讀道：『上上　中下　下下　莫歡喜　總成空　喜樂喜樂　暗中摸索　水月鏡花　空中樓閣』。家茵輕聲笑道：『說得挺害怕的！』宗豫覺得她很受震動，他立刻合上了書，道：『這個怎麼能作準呢！反正我們不迷信。』家茵道：『相信當然是不相信……』然而她沉默了下來。

宗豫過了一會，道：『水開了。』家茵道：『哦，我是有意的在爐子上擱一壺水，可以稍微暖和點，算熱水汀爐子。』宗豫笑道：『眞是好法子。』家茵走過去就著爐子烘手，自己看著手。宗豫笑道：『你看什麼？』家茵道：『我看我有沒有螺。』宗豫走來問道：『怎麼叫螺？』家茵道：『嗳呀，你連這個都不懂啊？你看這指紋，圓的是螺，長的是播箕。』宗豫攤開兩手伸到她面前道：『那麼你看我有幾個螺。』家茵拿著看了一看，道：『你有這麼多螺！我好像一個也沒有。』宗豫笑道：『有怎麼樣？沒有怎麼樣？』家茵笑道：『螺越多越好。沒有螺手裏拿不住錢，也愛砸東西。』宗豫笑道：『哦，怪不得上回把香水也砸了呢！』

家茵不答，臉色陡地變了——她父親業已推門走了進來。他重重的咳嗽了一聲，道：『嗳，家茵！這位是——』家茵只得介紹道：『這是夏先生，這是我父親。』宗豫茫然的立起身來道：『咦？你父親？虞先生幾時到上海的？』虞老先生連連點頭鞠躬道：『啊，我來了已經好幾天了。到您府上好幾次都沒見到。』宗豫越發摸不著頭腦，道：『嗳呀，眞是失迎！』他輕輕的問家茵：『我沒聽見你說嗎？』家茵道：『那天他來，剛巧小蠻病了，一忙就忘了。』虞老先生一進來，這屋子就嫌太小了，不夠他施展的。他有許多身段，一舉手一投足都有板有眼的。他道：『我們小女全幸而有夏先生栽培，眞是她的造化。你夏先生少年英俊，這樣的有作爲，眞是難得！』宗豫很僵的說了聲：『您太過獎了！請坐。』虞老先生道：『您坐！』他等宗豫坐了方才坐下相陪，道：『像我這老朽，也眞是無用，也是因爲今年時事又不太平，鄉下沒辦法，只好跑到上海來，要求夏先生賞碗飯吃，看著小女的面上，給我個小事做做，那我就感激不盡了！』宗豫很是詫異，略頓了一頓道：『呃……那不成問題。呃……虞先生您……』虞老先生道：『我別的不行哪，只光念了一肚子舊書，這半輩子可以說是懷才不遇——』家茵一直沒肯坐下，她把床頭的絨線活計拿起來織著，淡淡的道：『所以囉，像我爸爸這樣的是舊式的學問，現在沒哪兒要用了。』宗豫道：『那也不見得。我們有時候也有點兒應酬的文字，需要文言的，簡直就沒有這一類的人才。』虞老先生道：『那！輓聯了，壽序了，這一類的東西，我都行！都可以辦！』宗豫道：『那很好，如果虞先生肯屈就的話——』家茵氣得別過身去不管了。虞老先生道：『那我明天早上來見您。您辦公的地方在……』宗豫掏出一張名片來遞給他，道：『好，就請您明天上午來，我們談一談。』虞老先生道：『噢。噢。』

宗豫又取出香烟匣子道：『您抽香烟？』虞老先生欠身接著，先忙著替他把他的一支點上了，因道：『現在的人都抽這紙烟了，從前人聞鼻烟，那派頭眞足！那鼻烟又還有多少等多少樣，像我們那時候都有研究的。哪，我這兒就有一個，還是我們祖傳的。你恐怕都沒看見過——』他摸出一隻鼻烟壺來遞與宗豫，宗豫笑道：『我對這些東西眞是外行。』但也敷衍地把玩了一會，道：

『看上去倒挺精緻。』虞老先生湊近前來指點說道：『就這一個玻璃翡翠的塞子就挺値錢的。咳，我眞是捨不得，但是沒辦法，夏先生，您朋友多，您給我想法子先押一筆款子來。』家茵聽到這裏，突然掉過身來望著她父親，她頭上那盞燈拉得很低，那荷葉邊的白磁燈罩如同一朵淡黃白的大花，簪在她頭髮上，陰影深得在她臉上無情地刻劃著，她像一個早衰的熱帶女人一般，顯得異常憔悴。宗豫道：『我倒不認識懂得古董的人呢！』虞老先生道：『無論怎麼樣，拜託拜託！』家茵道：『爸爸！』虞老先生一看她面色不對，忙道：『噢噢，我這兒先走一步，明兒早上來見你。費心費心啊！』匆匆的便走了。

家茵向宗豫道：『我父親現在年紀大了，更顚倒了！他這次來也不知來幹嗎！他一來我就勸他回去。他已經磨了我好些次叫我託你，我想不好。』宗豫道：『那你也太過慮了！』家茵恨道：『你不知道他那脾氣呢！』宗豫道：『我知道你對你父親是有點誤會，不過到底是你的父親，你不應當對他先存著這個心。』

虞老先生自從有了職業，十分興頭。有一天大清早晨，夏家的廚子買菜回來，正在門口撞見他。廚子道：『咦？老太爺今天來這麼早啊？』他彎腰向虞老先生提著的一隻鳥籠張了一張，道：『老太爺這是什麼鳥啊？』

虞老先生道：『這是個畫眉，昨天剛買的，今天起了個大早上公園去溜溜牠。』廚子開門與他一同進去，虞老先生道：『你們老爺起來了沒有？我有幾句話跟他說。』廚子四面看了看沒人，悄悄的道：『我們老爺今天脾氣大著呢，我看你啊——』虞老先生笑道：『脾氣大也不能跟我發啊！

我到底是個老長輩啊！在我們廠裏，那是他大，在這兒可是我大了！』然而這廚子今天偏是特別的有點看他不起，笑嘻嘻的道：『哦，你也在廠裏做事啊！』虞老先生道：『嗳。你們老爺在廠裏，光靠一個人也不行啊，總要自己貼心的人幫著他！那我——反正總是自己人，那我費點心也應該！』

正說著，小鸞從樓上咕咚咕咚跑下來，往客室裏一鑽。姚媽一路叫喚著她的名字，追下樓來。虞老先生大剌剌的道：『姚媽媽，回來啦？』姚媽沉著臉道：『可不回來了嗎！』她把他不睬不睬的，自走到客室裏去，嘰咕著：『這麼大清早起就來了！』虞老先生便也跟了進去，將鳥籠放在桌上道：『怎麼這麼沒規沒矩的！』姚媽道：『我還不算跟你客氣嗟？——小鸞，還不快上樓去洗臉。你臉還沒洗呢！』虞老先生嗔道：『你怎麼啦？今天連老太爺都不認識了？』姚媽滿臉的不耐煩，道：『聲音低一點！我們太太回來了，不大舒服，還躺著呢！』虞老先生頓時就矮了一截，道：『怎麼，太太回來了？』姚媽冷冷的道：『太太遲早要回來的。「家無主，掃帚顛倒豎。」』虞老先生轉念一想，便也冷笑道：『哼！太太——太太又怎麼樣？太太肚子不爭氣，只養了個女兒！』

小鸞正在他背後逗那個鳥玩，他突然轉過身去，嚷道：『嗳呀，你怎麼把門開了？你這孩子——』姚媽也向小鸞叱道：『你去動他那個幹嗎？』虞老先生道：『嗳呀——你看——飛了！飛了——我好容易買來的，都沒有——』姚媽連忙拉著小鸞道：『走，不用理他！上樓去洗臉去！』虞老先生越發火上加油，高聲叫道：『敢不理我！』小鸞嚇得哭了，虞老先生道：『把我的鳥放了，還哭！哭了我眞打你！』

正在這時候，宗豫下樓來了，問道：『姚媽，誰呀？』虞老先生慌忙放手不迭，道：『是我，夏先生。我有一句話趁沒上班之前我想跟您說一聲。』宗豫披著件浴衣走進來，面色十分疲倦，道：『什麼話？』虞老先生也不看看風色，姚媽把小蠻帶走了，他便開言道：『我啊，這個月因爲房錢又漲了，一時周轉不靈，想跟您通融個幾萬塊錢。』宗豫道：『虞先生，你每次要借錢，每次有許多的理由，不過我願意忠告你，我們廠裏薪水也不算太低了，你一個人用我覺得很寬裕了，你自己也得算計著點。』虞老先生還嘴硬，道：『我是想等月底薪水拿來我就奉還。我因爲在廠裏不方便，所以特爲跑這兒來——』宗豫道：『你也不必說還了。這次我再幫你點，不過你記清楚了，這是末了一次了。』他正顏厲色起來，虞老先生也自膽寒，忙道：『是的是的，不錯不錯。你說的都是金玉良言。』他接過一疊子鈔票，又輕輕的道：『請夏先生千萬不要在小女面前提起。』宗豫不答，只看了他一眼。

姚媽在門外聽了個夠，上樓來，又在臥房外面聽了一聽，太太在那裏咳嗽呢，她便走進去，道：『太太，您醒啦？』夏太太道：『底下誰來了？』姚媽道：『嗐！還不又是那女人的老子來借錢？簡直無法無天了，還要打小蠻呢！』夏太太吃了一驚，從枕上撐起半身，道：『啊？他敢打小蠻？』姚媽道：『幸虧老爺那時候下去了，要不可不打了！太太您想，這樣子我們在這兒怎麼看得下去呢？』此時宗豫也進房來了，夏太太便喊了起來道：『這好了，我還在這兒呢，已經要打小蠻了！這孩子——要是眞離婚，那還不給磨死了？』晨光中的夏太太穿著件中裝白布對襟襯衫，胸前有兩隻縫上口的口袋，裏面想必裝著存摺之類。她梳著個髻，臉是一種鈍鈍的臉，再瘦些也不顯瘦的。宗豫兩隻手插在浴衣袋裏，疲乏地道：『你又在那兒說些什麼話？』夏太太道：『你不信你去問問小蠻去，她不是我一個人養的，也是你的啊！』說著說著嗓子就哽了，含著兩泡眼淚。宗豫道：『你不要在那兒瞎疑心了，好好的養病，等你好了我們平心靜氣的談一談。』夏太太道：『什麼平心靜氣的談一談？你就是要把我離掉！我死也要死在你家裏了！你不要想！』她越發放聲大哭起來。宗豫道：『你不要開口閉口就是死好不好？』夏太太道：『我死了不好？我死了那個婊子不是稱心了麼？』宗豫大怒道：『你這叫什麼話？』

他把一隻花瓶往地下一摜，小蠻在樓下，正在她頭頂上豁朗朗爆炸開來，她蹙額向上面望了一望。她一個人在客室裏玩，也沒人管她。傭人全都不見了，可是隨時可以衝出來搶救，如果有慘劇發生。全宅靜悄悄的，小蠻彷彿有點反抗地吹起笛子來了。她只會吹那一個腔，『嗚哩嗚哩嗚！』非常高而尖的，如同天外的聲音。她好像不過是巢居在夏家簷下的一隻鳥，漠不關心似的。

家茵來教書，一進門就聽見吹笛子，想起那天在街上給她買這根笛子，宗豫曾經說：『這要吵死了！一天到晚吹了！』那天是小蠻病好了第一次出門，宗豫和她帶著小蠻一同出去，太像一個家庭了，就有乞丐追在後面叫：『先生！太太！太太！您修子修孫，一錢不落虛空地……』她當時聽了非常窘，回想起來却不免微笑著。她走進客室，笑向小蠻說：『你今天很高興啊？』小蠻搖了搖頭，將笛子一拋。家茵一看她的臉色陰沉沉的，驚道：『怎麼了？』小蠻道：『娘到上海來了。』家茵不覺楞了一楞，強笑著牽著她的手道：『娘來了應當高興啊，怎麼反而不高興呢？』小蠻道：『昨兒晚上娘跟爸爸吵嘴，吵了一宿——』她突然停住了，側耳聽著，樓上彷彿把房門大開了，家茵可以聽得出宗豫的憤激的聲音。

還有個女人在哭。然後，樓梯上一陣急促的脚步聲，大門砰的一聲帶上了，接著較輕微的砰的一聲，關上了汽車門。家茵不由自主的跑到窗口去，正來得及看見汽車開走。樓上的女人還在那裏嗚嗚哭著。

家茵那天教了書回來，一開門，黃昏的房間裏有一個人說：『我在這兒，你別嚇一跳！』家茵還是叫出聲來道：『咦？你來了？』宗豫道：『我來了有一會了。』大約因爲沉默了許久而且有點口乾，他聲音都沙啞了。家茵開電燈，啪噠一響，並不亮。宗豫道：『噯呀，壞了麼？』家茵笑道：『哦，我忘了，因爲我們這個月的電燈快用到限度了，這兩天二房東把電門關了，要到七點鐘才開呢。我來點根蠟燭。』宗豫道：『我這兒有洋火。』家茵把黏在茶碟子上的一根白蠟燭點上了，照見碟子上有許多烟灰與香烟頭。宗豫笑道：『對不起，我拿它做了烟灰盤子。』家茵驚道：『噯呀，你一個人在這兒抽了那麼許多香烟麼？一定等了我半天了！』宗豫道：『其實我明知道你那時候不會在家的，可是……忽然的覺得除了這兒也沒有別的地方可去。除了你也沒有別的可談的人。』家茵極力做出平淡的樣子，倒出兩杯茶，她坐下來，兩手籠在玻璃杯上焐著。燭光怯怯的創出一個世界。男女兩個人在幽暗中只現出一部分的面目，金色的，如同未完成的古老的畫像，那神情是悲是喜都難說。

宗豫把一杯茶都喝了，突然說道：『小蠻的母親到上海來了。也不知聽見人家造的什麼謠言，跑來跟我鬧。……那些無聊的話，我也不必告訴你了。總之我跟她大吵了一場。』他又頓住了沒說下去，拈起碟子裏一根燒焦的火柴在碟子上劃來劃去，然而太用勁了，那火柴梗子馬上斷了。他又道：『我跟她感情本來就沒有。她完全是一個沒有知識的鄉下女人，她有病，脾氣也古怪。不見面也罷，一見面總不對。這些話我從來也不對人說，就連對你我也沒說過。——從前當然是父母之命，媒妁之言。我本來一直就想著要離婚的。』他最後的一句話家茵聽著彷彿很覺意外，她輕聲說：『啊，眞的嗎？』宗豫道：『是的。可是自從認識了你，我是更堅決了。』

家茵站起來走到窗前立了一會，心煩意亂，低著頭拿著勾窗子的一隻小鐵鈎子在粉牆上一下下鑿著。宗豫又怕自己說錯了話，也跟了過去，道：『我意思是——我是眞的一直想離婚的！』家茵道：『可是我還是……我眞是覺得難受……』宗豫道：『我也難受的。可是因爲我的緣故叫你也難受，我——我眞的——』然而儘管兩個人都是很痛苦，蠟燭的嫣紅的火苗却因爲歡喜的緣故顫抖著。家茵喃喃的道：『自從那時候……又碰見了，我就……很難過。你都不知道！』宗豫道：『我怎麼不知道？我一直從頭起就知道的。不過我有些怕，怕我想得不對。現在我知道了，你想我……多高興！你別哭了！』房間裏的電燈忽然亮了，他叫了聲『咦？』看了看手錶，不覺微笑道：『二房東的時間倒是準，啊——你看，電燈亮了！剛巧這時候！可見我們的前途一定是光明的。你也應當高興呀！』她也笑了。他掏出手絹子來幫她揩眼淚，她却一味躲閃著。他說：『就拿我這個擦擦有什麼要緊？』然而她還是借著找手絹子跑開了。

她有幾隻梨堆在一隻盤子裏，她看見了便想起來說：『你要不要吃梨？』他說：『好。』她削著梨，他坐在對面望著她，忽然說：『家茵。』家茵微笑著道：『嗯？』宗豫又道：『家茵。』他彷彿有什麼話說不出口，家茵反倒把頭更低了一低，專心削著梨，道：『嗯？』他又說：『家茵。』家茵住了手道：『啊？怎麼？』宗豫笑道：『沒什麼。我叫叫你。』家茵不由得向他飄了一眼，微微一笑道：『你為什麼老叫？』宗豫道：『我叫的就多了，不過你沒聽見就是了。——我在背地裏常常這樣叫你的。』家茵輕聲道：『眞的啊？』

她把梨削好了遞給他，他吃著，又在那一面切了一片下來給她，道：『你吃一塊。』家茵道：『我不吃。』他自己又吃了兩口，又讓她，說：『挺甜的，你吃一塊。』家茵道：『我不吃，你吃罷。』宗豫笑道：『幹什麼這麼堅決？』家茵也一笑，道：『我迷信。』宗豫笑道：『怎麼？迷信？講給我聽聽。』家茵倒又有點不好意思起來，道：『因為……不可以分——梨。』宗豫笑道：『噢，那你可以放心，我們決不會分離的！』家茵用刀撥著蜿蜒的梨皮，低聲道：『未來的事情也說不定。』宗豫捉住了她握刀的手，道：『怎麼會說不定？你手上沒有螺，愛砸東西，可是我手上有螺，抓緊了決不撒手的。』

樓下有一隻鐘噹噹噹敲起來了，宗豫看了看手錶道：『噯喲，倒八點了！』他自言自語道：『還有一個應酬。我不去了。』家茵道：『你還是去罷。』宗豫笑道：『現在也太晚了，索性不去了！』家茵道：『等會人家等你呢？』宗豫躊躇的道：『倒也是。我倒是答應他們要去的，因為廠裏有點事要談一談。……』他說走就走，不給自己一個留戀的機會，在門口只和她說了聲『明天再來看你。』她微笑著，沒說什麼，一關門，却軟靠在門上，低聲叫道：『宗豫！』灔灔的笑不停的從眼睛裏滿出來，必須狹窄了眼睛去含住它。她走到桌子前面，又向蠟燭說道：『宗豫！宗豫！』燭火因爲她口中的氣而盪漾著了。

這時候她父親忽然推門走進來，家茵惘惘的望著他，簡直像見了鬼似的，說不出話來。虞老先生笑道：『我來了有一會兒了，看見他汽車在這兒，我就沒進來。讓你們多談一會兒。嗨嗨！你爸爸是過來人哪！』家茵也不作聲，只把蠟燭吹滅了。虞老先生坐下來，便向她招手道：『你來你來，我有話跟你說。你別那麼糊裏糊塗的啊。他那個大老婆現在來了。你還是孩子氣，這時候我做爸爸的不來替你出出主意，還有誰呀？』

家茵走過來道：『噯呀爸爸，你說些什麼？』虞老先生拉著她的手，道：『你現在還跑去教他那個孩子做什麼？孩子到底是她養的。你趁這時候先去好好找兩間房子。夏先生他現在回去，他大老婆總跟他吵吵鬧鬧的，他哪兒會愛在家獃著。你有了地方，他還不上你這兒來了？頂要緊要抓幾個錢。人也在你這兒，你錢也有了，你還怕她做什麼呢？』家茵實在耐不住了，便道：『爸爸，我告訴你罷，夏先生倒是跟我說過了，他跟他太太本來是舊式婚姻，他多年前就預備離婚了，不過是爲了這孩子。現在……他決定離了。他剛才跟我說來著，我倒是也答應他，等他離過婚之後……再提。』虞老先生也怔了一怔，道：『唷！你不早告訴我。早告訴我也不著急了！能這樣當然更好了！』家茵才說了就又懊悔起來，道：『不過爸爸，你就別夾在中間說話罷！就是我現在這些話，你也別跟人說好不好？』虞老先生道：『好！好。』

樓下的鐘又敲了一下，家茵道：『時候也不早了，爸爸你該回去了罷？』虞老先生道：『呃，我這就走了！』他自己去倒茶喝，家茵又道：『不是別的，因爲這兒的房東太太老說，天黑了大門開出開進的，不謹愼。她常常鬧東西丟了。說起來也眞奇怪，我有一件衣料，』她把一隻抽屜拖開了，無聊地重新翻過一遍，道：『我記得我放在這兒的——就找不著了！昨天我看見房東太太穿著新做來的一件衣裳，就跟我丟了的那件一樣。我也不能疑心她偷的，不過我倒有點兒悶得慌——怎那麼巧！趕明兒倒去問問她是哪兒買的！』虞老先生喝著茶，忽然大嗆起來，急急的搖手道：『咳，你不問我也就不說了：是我替你送給她的。』家茵十分詫異，道：『嗯？』虞老先生嘆道：『唁！你不想，你現在弄了這麼個夏先生常常跑來，鬧到挺晚才走，給人家瞧著不要說閒話的啊？所以我呀，給你做了個人情，就把你這件衣料拿著送給她了。不是我說你——做人，也得學學！』家茵氣得跺著脚道：『爸爸你眞是！』

夏宗麟有一天對他太太說：『眞糟極了，這虞老頭兒，今天廠裏鬧得沸沸揚揚，宗豫知道要氣死了！』秀娟道：『怎麼啦？』宗麟道：『有人捐了筆款子，要買藥給一個廣德醫院，是個慈善性質的醫院。不知怎麼，這一筆款子會落到這老頭兒手裏了。他老先生不言語，就給花了。』秀娟驚道：『眞的啊？有多少錢哪？』宗麟道：『數目倒也不大！他老人家處處簡直就是丈人的身分，問他他還鬧脾氣！』秀娟道：『那他現在人呢？跑啦？』宗麟道：『他眞不跑了！腆著個臉若無其事的照樣的來！』秀娟愕然道：『怎麼這樣！』宗麟道：『就這一點宗豫聽見了已經要生氣了，何況這是捐款，我們廠裏信用很受打擊的。』秀娟便道：『噯呀，家茵大概也不知道，她要聽見了也要氣死了！』

才這麼說著，不料女傭就進來報說：『大爺來了。』秀娟一看宗豫的臉色很不自然，她搭訕著把無線電旋得幽幽的，自己便走了開去。宗豫立刻就開口道：『宗麟，今天一件事，大家都鬼鬼祟祟的，到底是怎麼回事？你告訴我。是不是那虞老先生？』宗麟抓了抓頭髮，苦笑道：『可不是嗎？這件事眞糟極了！』宗豫疲倦的坐下來道：『當初怎麼也就沒有一個人跟我說一聲呢？』宗麟道：『他們也是不好，其實也應當告訴你的。不過——』宗豫道：『怎麼？』宗麟微帶著尷尬的笑容，道：『也難怪他們。你都不知道，他老先生胡吹亂嗙的，弄得別人也不知道他到底跟你是個什麼關係。』宗豫紅了臉，道：『這不行！我得要跟他自己說一說。我現在就去找他。』宗麟道：『你就找他上我這兒來也好。』宗豫倒又楞了一楞，但還是點點頭，立起身來道：『我就叫汽車去接他。』宗麟又道：『待會兒我走開你跟他說好了，當著我難爲情。』宗豫又點了點頭。打發了車夫去接，他們等著，先還尋出些話來說，漸漸就默然了。無線電裏的音樂節目完了，也沒有換一家電台，也忘了關，只剩了耿耿的一隻燈，守著無線電裏的沉沉長夜。

一聽見門外汽車喇叭響，宗麟就走開了。虞老先生一路嚷進來道：『夏先生眞太客氣，還叫車子來接！差人給我個信我不就來了嗎？』宗豫沉重的站起身來，虞老先生先就吃了一驚。宗豫兩手插在袴袋裏踱來踱去，道：『虞先生，我今天有點很嚴重的事要跟你說。有一筆捐給廣德醫院的款子，上次是交給你手裏的——』虞老先生陪笑道：『是的，是我拿的，剛巧我有一筆用項。

我就忘了跟你說一聲——』宗豫道：『你知道我們廠裏頂要緊是保持信用——』虞老先生道：『是的，是我一時疏忽——』宗豫把眉毛擰得緊緊的道：『虞先生，你不知道這事對於我們生意人多麼嚴重。』虞老先生忙道：『是我沒想到。我想著這一點數目，我們還不是一家人一樣嗎？還分什麼彼此？』這話宗豫聽了十分不舒服，突然立定了看住他，道：『像這樣子下去可是不行，我想以後請你不要到廠裏去了。』虞老先生道：『啊？你意思是不要我了麼？我下回當心點，不忘了好了！』宗豫道：『請你不必多說了。為我們大家的面子，你從明天起不必來了，我叫他們把你到月底的薪水送過來。』

虞老先生認為他一味的打官話，使人不耐煩而又無可奈何，因道：『噯呀，我們打開窗子說亮話罷！我女兒也全告訴我了。我們還不就是自己人麼？』家茵如果已經把一切都告訴了她父親，雖也是人情之常，宗豫不知為什麼覺得心裏很不是味。他很僵硬的道：『我跟虞小姐的友誼，那是另外一件事情。她的家庭狀況我也稍微知道一點，我也很能同情。不過無論如何你老先生這種行為總不能夠這樣下去的。』虞老先生見他聲色俱厲，方始著慌起來，道：『噯，夏先生，你叫我失了業怎麼活著呢？你就看我女兒面上你也不能待我這樣呀！』宗豫厭惡的走開了，道：『我請你不要再提你的女兒了！』虞老先生越發慌了，道：『噯呀，難不成你連我的女兒也不要了麼？也難怪你心裏不痛快——家裏鬧彆扭！可不是糟心嗎？』他跟在宗豫背後，親切的道：『我這兒有個極好的辦法呢！我的女兒她跟你的感情這樣好，她還爭什麼名分呢？你夏先生這樣的身分，來個三妻四妾又算什麼呢？』宗豫轉過身來瞪眼望著他，一時都不能相信自己的耳朵。虞老先生又道：『您也不必跟您太太鬧，就叫我的女兒過門去好了！大家和和氣氣，您的心也安了！我女兒從小就很明白的，只要我說一句話，她決沒有什麼不願意的。』宗豫道：『虞老先生！你這種叫什麼話？我簡直也不要聽。憑你這些話，我以後永遠不要再看見你了！至於你的女兒，她已經成年，她的事情也用不著你管！』虞老先生倒退兩步，囁嚅道：『我是好意啊——』宗豫簡直像要動手打人，道：『你現在立刻走罷。以後連我家裏你也不要來了。』

但是就在第二天早上，虞老先生估量著宗豫那時候不在家，就上夏家來了。姚媽上樓報說：『那個虞老頭兒說是要來見太太。』夏太太倒怔住了，道：『他要見我幹嗎？』姚媽道：『誰知道呢——也不知在那兒搗什麼鬼！』夏太太擁被坐著，想了一想道：『好罷，我就見他也不怕他把我吃了！』說著，便把旗袍上的鈕子多扣上幾個，把棉被拉上些。

姚媽將虞老先生引進來，引到床前，虞老先生鞠躬爲禮道：『啊，夏太太，夏太太，你身體好？』夏太太不免有點陰陽怪氣的，淡淡的說了聲『你坐呀！』姚媽掇過一張椅子去與他坐下。虞老先生正色笑道：『我今天來見你，不是爲別的，因爲我知道爲我女兒的緣故，讓您跟你們夏先生鬧了些誤會。我們做父親的不能看女兒這樣不管。』夏太太一提起便滿腔悲憤，道：『可不是嗎？現在一天到晚嚷著要離婚——』虞老先生道：『可不就是嗎！這話哪能說啊！我女兒也沒有那麼糊塗。夏太太，我今天來就是這個意思。我知道您大賢大德，不是那種不能容人的。您是明白人，氣量大，你們夏先生要是娶個妾，您要是身子有點兒不舒服，不正好有個人侍候您——哪兒能說什麼離婚的話？眞是您讓我的小女進來，她還能爭什麼名分麼？』夏太太呆了一呆，道：『眞的啊?你的女兒肯做姨太太啊?』虞老先生道:『我那小女,這點道理她懂。包在我身上去跟她說去好了。』夏太太喜出望外,反倒落下淚來,道:『唶,只要他不跟我離婚,我什麼都肯!』虞老先生道:『這個,夏太太,我們小姐的事,包在我身上!你眞是寬宏大量。我這就去跟她說。不過夏太太,我有一椿很著急的事要想請您幫我一個忙,請您栽培一下子。我借了一筆債,已經人家催還,天天逼著我,我一時實在拿不出,請您可不可以通融一點。我那女兒的事總包在我身上好了。』

姚媽在一邊站著,便向夏太太使了一個眼色。夏太太兀自關心的問道:『噯呀,你是欠了多少錢呢?』姚媽忍不住咳嗽了一聲,插嘴道:『我說呀,太太,您讓老太爺先去跟虞小姐說得了——虞小姐就在底下呢。說好了再讓老太爺來拿罷。』夏太太道:『噯,對了,我現在手邊也沒有現錢——』姚媽道:『噯,您先去說,說了明天來——』夏太太道:『我能夠湊幾個總湊點兒給你。』虞老先生無奈,只得點頭道:『好,好,我現在就去說,我明天來拿,連利錢要八十萬塊錢。』

姚媽把他送了出去,一到房門外面虞老先生便和她附耳說道:『我待會兒晚上回去跟她說罷。你別讓她知道我上這兒來的,你讓我輕輕的,自個兒走罷。』他躡手躡腳下樓去了。

姚媽回房便道:『太太,您別這麼實心眼兒,這老頭子相信不得!還不他們父女倆串通了來騙您的錢的!』夏太太嘆道:『唶!我這兩天都氣糊塗了。——可不是嗎?』姚媽咬牙切齒的道:『心眼兒眞黑!巴結上了老爺,還想騙您這點兒東西!』夏太太道:『不過,姚媽——可憐我只聽見說可以不離婚，我就昏了！你想她肯當小嗎？』姚媽道：『太太，你這麼樣的好人，她還能不肯嗎？』夏太太道：『眞是她肯，我也就隨她去了！』姚媽道：『我說您還不如自個兒跟她說！她要是當了姨奶奶，她總得伏咱們這兒的規矩。』夏太太道：『也好。你這就叫她上來，我跟她說。』

小巒這一天正在上課，忽然說：『老師老師，趕明兒叫娘也跟老師念書好不好？』家茵强笑道：『你又說傻話！』小巒却是很正經，幾乎噙著眼淚，說道：『眞的，老師，好不好？省得她又跑到鄉下去了！老師，隨便怎麼你想想法子，這回再也別讓她再走了！』這話家茵覺得十分刺心，望著她，正是回答不出，恰巧這時候姚媽進來，帶著輕薄的微笑，說：『虞小姐，我們太太請您上去。』家茵楞了一楞，勉强鎭定著，應了一聲『噢，』便立起身來，向小巒道：『你別鬧，自己看看書。』

她隨著姚媽上樓。臥房裏暗沉沉的，窗簾還只拉起一半，床上的女人彷彿在那裏眼睁睁打量著她。也沒有人讓坐。家茵裝得很從容的問道：『夏太太，聽說您不舒服，現在好點了罷？』夏太太酸酸的道：『噯呀，我這病還會好？你坐下，我跟你說。——姚媽，你待會兒再來。』姚媽出去了，夏太太便道：『以前的事，我也不管了。你教我的孩子也教了這麼些時候了，可憐我老在鄉下待著，也沒有礙你們什麼事，這趟回來了他還多嫌我！我現在別的不說了，總算我有病——你就是要進來，只要你勸他別跟我離婚，別的事情我什麼都不管好了！這總不能再說我不對了！』家茵道：『噯呀，夏太太，你說的什麼話？』夏太太道：『你也別害臊了！我看你也是好好的人家的女兒，已經跟了他了，還再去嫁給誰呢？像我做太太的，已經自己來求你了，還不有面子嗎？』家茵氣得到這時候方才說出話來，道：『什麼跟了他了？你怎麼這麼出口傷人？』說著，聲音一高，人也跟著站了起來。夏太太道：『我還賴你麼？是你自個兒老子說的，你不信問姚媽！』家茵道：『你知不知道這種沒有根據的話，你這麼亂說是犯法的？』夏太太道：『犯法的——你還要去打官司，還怕人不知道？離婚我是再也不肯的，他就是一家一當都給了我，我要這麼些錢幹什麼？病得都要死了！』家茵憤然道：『你別這麼死呀活的嚇唬人！』

夏太太又道：『你橫（音『恆』）也不是不知道，跟了他了還拿什麼招著他？要不你怎麼我回來了還來，橫也是願意跟我見見面，大家都是女人，有什麼話不好說的？』家茵道：『我照常來是因爲沒幹什麼虧心事，沒什麼見不得人的。可我憑什麼要聽你胡說八道，說上這麼些個瞎話？』說著轉身便走。

夏太太立即軟化，叫道：『噯，你別走別走！就算我說錯了話，可憐我，心也亂啦！看在我有病的人——他沒跟你說？我這病好不了了！』家茵不禁臉色一動，回過頭來望著她，帶著一絲惶惑。夏太太繼續說下去道：『等我死了，你還不是可以扶正麼？』家茵聽了這話又有氣，頓了一頓方道：『什麼叫就算你說錯了？這種話可以隨便說人噠？』夏太太哭道：『是我不會說話。我也知道我配不上他，你要跟他結婚就結婚得了，不過我求求你等幾年，等我死了——』家茵道：『等人死也不是好事。再說，糊裏糊塗的等著，不更要讓人說那些廢話了嗎？』

夏太太放聲痛哭，喘成一團。姚媽飛奔進來道：『太太！太太，怎麼了？』忙替她搥背揉胸脯子，端痰盂，又亂著找藥丸，倒開水。

夏太太見家茵只站在一邊發怔，一說得出話來，便道：『姚媽，你還是出去罷。……虞小姐，本來我人都要死了，還貪圖這個名分做什麼？不過我總想著，雖然不住在一起，到底我有個丈夫，有個孩子，我死的時候，雖然他們不在我面前，我心裏也還好一點。要不然，給人家說起來，一個女人給人家休出去的，死了還做一個無家之鬼……』說著，又哭得失了聲。家茵木立了半晌，又掉過身來要走，道：『你生病的人，這樣的話少說點兒罷。徒然惹自己傷心。』夏太太道：『虞小姐，我還能活幾年呢？你也不在乎這幾年的工夫！你年紀輕輕的，以後的好日子長著呢！』家茵極力抵抗著，激惱了自己道：『你不要一來就要死要活的，你要是看開點，不嘔氣──』夏太太慘笑道：『看開點！那你是不知道──這些年來──他──他對我這樣，我──我過的是什麼日子呵！』家茵道：『這是你跟他的事，不是我跟你的事。』夏太太道：『虞小姐，不單是我同你同他，還有他那孩子呢！孩子現在是小，不懂事──將來，你別讓她將來恨她的爸爸！』家茵突然雙手掩著臉，道：『你別儘著逼我呀！他──他這一生，傷心的事已經夠多了，我怎麼能夠再讓他爲了我傷心呢？』夏太太掙扎著要下床來，道：『虞小姐，我求求你──』家茵道：『不，我不能夠答應。』

她把掩著臉的兩隻手拿開，那時候她是在自己家裏，立在黃昏的窗前，映在玻璃窗裏，她背後隱約現出都市的夜，這一帶的燈光很稀少，她的半邊臉與頭髮裏穿射著兩三星火。她臉上的表情自己也看不淸楚，只是彷彿有一股幽冥的智慧。這一邊的她是這樣想：『我希望她死！我希望她快點兒死！』那一邊却黯然微笑著望著她，心裏想：『你怎麼能夠這樣的卑鄙！』那麼，『我照她說的——等著。』『等著她死？』『……可是，我也是爲他想呀！』『你爲他想，你就不能夠讓他的孩子恨他，像你恨你的爸爸一樣。』

她到底決定了。她的影子在黑沉沉的玻璃窗裏是像沉在水底的珠玉，因爲古時候的盟誓投到水裏去的。

她匆匆出去，想著：『我得走了！我馬上去告訴她，叫她放心。』趕到夏家，姚媽一開門便道：『你怎麼又來了？』家茵道：『我再要見見你們太太。』姚媽憤憤的道：『你再要見太太幹嗎？你還怕她死不透呀？你現在稱心了，你可以放心回家去了。她這次發得比哪回都厲害，現在上醫院去了。』家茵驚道：『噯呀，怎麼這麼快？』不禁滾下淚來。姚媽道：『這時候還裝腔作勢幹嗎？還不回家去樂去？我們老爺哪門子晦氣，碰見這些烏龜婊子的！』說罷，砰的一聲關上了門。家茵指著眼睛，惘然的回來了。然後又不免有個聲音在腦子背後什麼地方小聲說：『這就等著了。也許等不長了。——可是，正因爲這樣，你更應當走，趕緊走，她聽見了，會馬上好些，也許可以活下去。』

宗豫忽然推門進來，叫了聲『家茵！』家茵正是心驚肉跳的，急忙轉過身道：『噯呀，你來了？你們太太好點兒沒有？』宗豫道：『咦？你也知道啦？』家茵道：『我從你們家剛回來。』宗豫道：『好點兒了，現在不要緊了。我趕了來有幾句話跟你說，我只有幾分鐘的工夫。就是因爲你們老太爺，他鬧出一點事來，我跟他說了幾句很重的話，我讓他以後不要去辦事了。』家茵只空洞的說了聲『噢。』宗豫道：『我以後再仔細的講給你聽，我怕你誤會。』家茵勉強笑道：『你也太細心了！我還不知道他老人家的爲人！』宗豫道：『我想對於他，以後再另外給他想辦法。情願每個月貼他幾個錢得了。』他看了看錶道：『現在還要趕到廠裏去，有工夫再來看你。』他走到門口，忽然覺得她有點楞楞的，便又站住了望著她道：『你別是有點兒生氣罷？我匆匆忙忙的也許說錯了話……』家茵微笑道：『沒生氣。幹嗎生氣？』他仍然有點不放心似的，她便又向他一笑，柔聲道：『我怎麼會跟你生氣呢？』宗豫也一笑，又躊躇了一會，自言自語道：『嗯，這樣罷——我大概七點半離開廠裏。我上這兒來吃晚飯好不好？』家茵笑了一笑，道：『好。』宗豫道：『好，待會兒見。』

他一走，家茵便伏在桌上大哭起來。然後她父親來了，說：『呦！你幹嗎的？我這兒想來勸勸你呢！我想，一定要離婚哪，他太太眞是不肯，也痲煩，指不定拖多少年，夜長夢多——這種事我看得多了。就是肯了，她獅子大開口，家當都歸了她，替你打算也不犯著。』家茵只是哭，並不理睬他，虞老先生在她肩膀上拍了拍，把椅子挪過來坐在她身旁，說道：『你聽爸爸的話總沒錯的。爸爸是爲你好！她這麼病著在那兒，橫也活不長了。可是爲了鬧離婚出了岔子，她那個孩子不該恨你一輩子麼？』家茵不能忍耐下去了，立起來要跑開，又被她父親握住她的手不放，顫巍巍的道：『孩子！想當初，都是因爲我後來娶的那個，都怪她一定要正式結婚，鬧得我沒辦法，把你娘硬給離掉了，害你們受苦這些年。——你想！』

家茵掙脫了手，跑了去倒在床上大哭，虞老先生又跟過去坐在床上，道：『哪個男人不喜歡姨太太！哪個男人是喜歡太太的！我是男人我還不知道麼？就是我後來娶的那個，我要是沒跟她正式結婚，也許我現在還喜歡她呢！』

家茵突然叫出聲來道：『你少說點兒罷！你自己做點子什麼事情，我的人都給你丟盡了！』虞老先生吃了一驚：『誰告訴你的？』家茵道：『宗豫剛才告訴我的。你叫我拿什麼臉對他？』虞老先生搖頭道：『嗐！眞是！男人眞沒良心！他怎麼該對你說這些話呢？他——他怎麼說的？』家茵又哽噎得說不出話來，虞老先生便俯身湊到她面前拍著哄著，道：『好孩子，別哭了，你受了委屈了，我知道。隨便別人怎麼對你，爸爸總疼你的！只要有一口氣，我總不會丟開你的！』家茵忽然撐起半身向他凝視著，她看到她將來的命運。她眼睛裏有這樣大的悲憤與恐懼，連他都感到恐懼了。她說：『爸爸，你走好不好？』虞老先生竟很聽話的站了起來。家茵又道：『現在無論怎麼樣，請你走罷。我受不了了。』虞老先生逡巡了一會，道：『我說的話是好話。你仔細想想罷。』就走了。

家茵隨即也從床上爬起來，扶著門框立了一會，便下樓去打電話，訂了一張上厦門的船票。然後她又撥了個號碼，她心慌意亂的，那邊接的人的聲音也分辨不出，先說：『喂，秀娟是罷？』又道：『……哦，請你們太太聽電話。』才說到這裏，宗豫來了。家茵握著聽筒向他點頭微笑，宗豫挾著個紙包很高興的上樓去了，道：『我先上去等著你。』家茵繼續向電話裏道：『喂，你是秀娟啊？……我好，不過我這會兒心裏亂得很，我明天就要離開上海了。……』她向樓上看了看，又把聲音低了一低，答道：『到哪兒去呀？秀娟，我告訴你，可是你要答應我一個人也別告訴。……我到了那兒再寫信來解釋給你聽。……到厦門去。……去做事。……是我看了報去應徵的。

……大概不錯罷。』她淡笑了一聲。

宗豫獨自在房裏，把紙包打開來，露出一個長方的織錦盒子，裏面嵌著一對細磁飯碗、盤子、匙子，他自己先欣賞著，見家茵進來了，便道：『瞧我買了什麼來了！以後你要把飯多煮一點兒了，我常常要留自己在這兒吃飯的！』家茵苦笑道：『可惜現在用不著了。我明天就要走了。』宗豫道：『嗯？上哪兒去？』家茵有一隻打開的皮箱擱在床上，她走去繼續理東西，道：『回鄉下去。』宗豫立在她背後，微笑著吸著烟，道：『哦，你是不是要回去告訴你母親……關於我們？』家茵隔了一會方才搖搖頭，道：『我預備去跟我表哥結婚了。』

宗豫倒還鎮靜，只說：『你表哥？怎麼你從來沒提起過？』家茵道：『我母親本來有這個意思。』宗豫道：『你——跟他感情非常好麼？』家茵又搖了搖頭，道：『可是，感情是漸漸的生出來的。到後來總有感情的，不能先存著個成見。』宗豫怔了一會，道：『那也要看跟什麼人在一起呀！』家茵道：『是的，可是——譬如你太太。你從前要是沒有成見，一直跟她好的，那她也不至於這樣。就是病，也許也不會病到這樣。』宗豫默然了一會，忽然爆發了起來道：『家茵，你不是在哪兒聽見了什麼話了？』家茵只管平板的說下去道：『還有我爸爸，我看你以後就不要管他了，他那人也弄不好了，給他錢也是瞎花了。不要想著他是我父親。』她囉裏囉唣的囑咐著，宗豫惶駭的望著她道：『我簡直不懂你。連你都不懂，那還懂什麼人呢？忽然的好像什麼人什麼事都不明白了，簡直……要發瘋……』家茵只顧低著頭理東西，宗豫又道：『家茵！難道我們的事這麼容易就——全都不算了麼？』他看看那燈光下的房間，難道他們的事情，就只能永遠在這房間裏轉來轉去，像在一個昏黃的夢裏。夢裏的時間總覺得長的，其實不過一刹那，卻以為天長地久，彼此已經認識了多少年了。原來都不算數的。他冷冷的道：『你自己的心大概只有你自己明瞭。』家茵想道：『噯，我自己的心只有我自己明瞭。』

她從抽屜裏翻東西出來，往箱子裏搬，裏面有一球絨線與未完工的手套，她一時忍不住，就把手套拿起來拆了。絨線紛紛的堆在地上。宗豫看著香烟頭上的一縷烟霧，也不說什麼。家茵把地下的絨線撿起來放在桌上，仍舊拆。宗豫半晌方道：『你就這麼走了，小蠻要鬧死了！』家茵道：『不過到底小孩，過些時就會忘記的。』宗豫緩緩的道：『是的，小孩是……過些時就會忘記的。』家茵不覺悽然望著他，然而立刻就又移開了目光，望到那圓形的大鏡子裏去。鏡子裏也反映著他。她不能夠多留他一會在這月洞門裏。那鏡子不久就要像月亮裏一般的荒涼了。

宗豫道：『明天就要走麼？』家茵道：『噯。』宗豫在茶碟子裏把香烟揿滅了，見到桌上陳列著一盒碗匙，便用原來的紙包把它蓋沒了，紙張綷縩有聲。

他又道：『我送你上船。』家茵道：『不用了。』他突然簡截的說：『好，那麼——』立刻出去了，帶上了門。

家茵伏在桌上哭，桌上一堆拳曲的絨線，『剪不斷，理還亂。』

第二天宗豫還是來了，想送她上船，她已經走了。那房間裏面彷彿關閉著很響的音樂似的，一開門便爆發開來了。他一隻手按在門鈕上，看到那沒有被褥的小鐵床，露出鋼絲綳子；鏡子，洋油爐子，五斗櫥的抽屜拉出來參差不齊。墊抽屜的報紙團縐了拋在地下。一隻碟子裏還黏著小半截蠟燭。絨線仍舊亂堆在桌上。裝碗的織錦盒子也還擱在那裏沒動。宗豫掏出手絹子來擦眼睛，忽然聞到手帕上的香氣，於是他又看見窗台上倚著的一隻破香水瓶，瓶中插著一枝枯萎了的花。他走去把花拔出來，推開窗子擲出去。窗外有許多房屋與屋脊。隔著那灰灰的，嗡嗡的，蠢蠢動著的人海，彷彿有一隻船在天涯叫著，淒清的一兩聲。

殷寶灩送花樓會

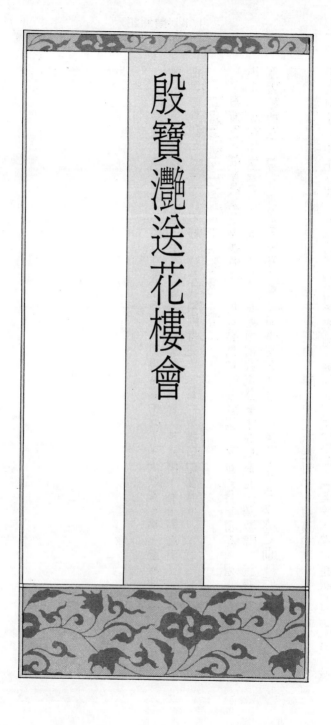

門鈴響，我去開門。門口立著極美的，美得落套的女人，大眼睛小嘴，貓臉圓中帶尖，青灰細呢旗袍，鬆鬆籠在身上，手裏抱著大束的蒼蘭、百合、珍珠蘭，有一點見老了，但是那疲乏彷佛與她無關，只是光線不好，或是我剛剛看完了一篇六號排印的文章。

『是愛玲罷？』她說，『不認得我了罷？』

殷寶灔，在學校裏比我高兩班，所以雖然從未交談過，我也記得很淸楚。看上去她比從前矮小了，大約因爲我自己長高了許多。在她面前我突然覺得我的高是一種放肆，慌張地請她進來，謝謝她的花。『爲什麼還要帶花來呢？這麼客氣！』我想著，女人與女人之間，而且又不是來探病。

『我相信送花。』她虔誠地說，解去縛花的草繩，把花插在瓶中。我讓她在沙發上坐下，她身體向前傾，兩手交握，把她自己握得緊緊地，然而還是很激動。『愛玲，像你這樣可是好呀，我看到你所寫的，我一直就這樣說：我要去看看愛玲！我要去看看愛玲！我要有你這樣就好了！』不知道爲什麼，她眼睛裏充滿了眼淚，飽滿的眼，分得很開，亮晶晶地在臉的兩邊像金剛石耳環。她偏過頭去，在大鏡子裏躲過蒼蘭的紅影子，察看察看自己含淚的眼睛，擧起手帕，在腮的下部，離眼睛很遠的地方，細心地擦了兩擦。

寶灩在我們學校裏只待過半年。才來就被教務長特別注意，因爲她在別處是有名的校花，就連在這教會學校裏，成年不見天日，也有許多情書寫了來，給了她和教務處的檢查許多痲煩。每次開遊藝會都有她搽紅了胭脂唱歌或是演戲，顫聲叫：『天哪！我的孩子！』

我們的浴室是用汚暗的紅漆木板隔開來的一間一間，板壁上釘著紅漆櫈，上面灑了水與皮膚的碎屑。自來水龍頭底下安著深綠荷花缸，暗洞洞地也看見缸中膩一圈白髒。灰色水門汀地，一地的水，沒處可以放鞋。活絡的半截門上險凜凜搭著衣服，門下就是水溝，更多的水。風很大，一陣陣吹來鄰近的厠所的寒冷的臭氣，可是大家搶著霸佔了浴間，排山倒海啪啦啦放水的時候，還是很歡喜的。朋友們隔著幾間小房在水聲之上大聲呼喊。

我聽見個人叫『寶灩！』問她，不知有些什麼人借了夏令配克的地址要演『少奶奶的扇子』。

『找你客串是不是？』

『沒有的事！』

『把你的照片都登出來了！』

『現在我一概不理了。那班人……太缺乏知識。我要好好去學唱歌了。』

那邊把脚跨到冷水裏，『哇！』大叫起來，把水往身上潑，一路哇哇叫。寶灧喚道：『喂！這樣要把嗓子喊壞了！』然而她自己踏進去的時候一樣也銳叫，又笑起來，在水中唱歌，義大利的『哦嗦勒彌哦！』（『哦，我的太陽！』）細喉嚨白鴿似的飛起來，飛過女學生少奶奶的輕車熟路，女人低陷的平原，向上向上，飛到明亮的藝術的永生裏。

貞亮的喉嚨，『哦噢噢噢噢噢！哈啊啊啊啊啊！』細頸大肚的長明燈，玻璃罩裏火光小小的顫動是歌聲裏一震一震的拍子。

『呵，愛玲，我眞羨慕你！還是像你這樣好——心靜。你不大出去的罷？告訴你，那些熱鬧我都經過來著——不值得！歸根究底還是，還是藝術的安慰！我相信藝術。我也有許多東西一直想寫出來，我實在忙不過來，而且身體太不行了，你看我這手膀子，你看——教我唱歌的俄國人勸我休息幾年，可是他不知道我是怎樣休息的——有了空我就去念法文、義大利文，幫著羅先生翻譯音樂史。中國到現在還沒有一本像樣的音樂史。羅先生他眞是鼓勵了我的——你不知道我的事罷？』她紅了臉，聲音低了下去。她舉起手帕來，這一次眞的擦了眼睛，而且有新的淚水不停地生出來，生出來，但是不往下掉，晶亮地突出，像小孩喝汽水，捨不得一口嚥下去，含在嘴裏，左腮凸到右腮，唇邊吹出大泡泡。『羅先生他總是說：「寶灧，像你這樣的聰明，眞是可惜了的！」你知道，從前我在學校裏是最不用功的，可是後來我眞用了幾年功，他教我眞熱心，使得我不好意思不用功了。他是美國留學的，歐洲也去過，法文義大利文都有點研究。他恨不得把什麼都教給我。』

我房的窗子正對著春天的西曬。暗綠漆布的遮陽拉起了一半，風把它吹得高高地，搖晃著繩端的小木墜子。敗了色的淡赭紅的窗簾，緊緊吸在金色的鐵柵欄上，橫的一棱一棱，像蚌殼又像帆，朱紅在日影裏，赤紫在陰影裏。噁！又飄了開來，露出淡淡的藍天白雲。可以是法國或是義大利。太美麗的日子，可以覺得它在窗外澌澌流過，河流似的，輕吻著窗台，吻著船舷。太陽暗下去，船過了橋洞，又亮了起來。

『可是我說，我說他害了我，我從前那些朋友我簡直跟他們合不來了！愛玲！社會上像我們這樣的不多呵！想必你已經發現了。——哦，愛玲，你不知道我的事：現在我跟他很少見面了，所以我一直說，我要去找找愛玲，我要去找找愛玲，看了你所說的，我知道我們一定是談得來的。』

『怎麼不大見面了呢？』我問。

她蕭灑地笑了一聲。『不行嚜，他一天天瘦下去，他太太也一天天瘦下去，我呢，你看這手膀子……現在至少，三個人裏他太太胖起來了！』

她願意要我把她的故事寫出來。我告訴她我寫的一定沒有她說的好——我告訴她的。

她和羅潛之初次見面，是有一趟，她的一個女朋友，在大學裏讀書的，約了她到學校裏聚頭，一同出去玩。寶灩來得太早了，他們正在上課。麗貞從玻璃窗裏瞥見她，招招手叫她進來，老師剛到不久，咬緊了嘴唇陰暗地翻書。麗貞拉她在旁邊坐下，小聲說：『新來的。很發噱。』

羅教授戴著黑框眼鏡，中等身量，方正齊楚，把兩手按在桌子上，憂愁地說：『莎士比亞是偉大的。一切人都應當愛莎士比亞。』他用陰鬱的，不信任的眼色把全堂學生看了一遍，確定他們不會愛莎士比亞，然而仍舊固執地說：『莎士比亞是偉大的，』挑戰地抬起了下巴，『偉大的，』把臉略略低了一低，不可抵抗地平視著聽衆，『偉大的，』肯定地低下頭，一塊石頭落地，一個下巴擠成了兩個更爲肯定的。『如果我們今天要來找一個字描寫莎士比亞，如果古今中外一切文藝的愛好者要來找一個字描寫莎士比亞——』他激烈地做手勢像樂隊領班，一來一往，一來一往，整個的空氣痛苦震盪爲了那不可能的字。他用讀古文的悠揚的調子流利快樂地說英文，漸漸爲自己美酒似的聲音所陶醉，突然露出一嘴雪白齊整的牙齒，向大家笑了。他還有一種輕倩的手勢，不是轉螺絲釘，而是蜻蜓點水一般地在空中的一個人的身上慇懃愛護地摘掉一點毛線頭，兩手一齊來，一摘一摘，過分靈巧地。『茱麗葉十四歲，爲什麼十四歲？』他狂喜地質問。『啊！因爲莎士比亞知道十四歲的天眞純潔的女孩子的好處！啊！十四歲的女孩子！什麼我不肯犧牲，如果你給我一個十四歲的女孩子？』他嘖嘖有聲，做出貪嘴的樣子，學生們哄堂大笑，說：『戲劇化，不壞——是有點幽默的。』

寶灩吃吃笑著一直停不了，被他注意到，就嚴厲起來：『你們每人念一段，最後一排第一個人開頭。』

麗貞說：『她是旁聽的。』教授沒聽見。挨了一會，教授諷刺地問：『英文會說嗎？』爲了賭氣，寶灔讀起來了。

『唔，』教授說：『你演過戲嗎？』

麗貞代她回答：『她常常演的。』

『唔……戲劇這樣東西，如果認眞研究的話，是應當認眞研究的。』彷彿前途未可樂觀。

麗貞不大明白，可是覺得有爭回面子的必要，防禦地說：『她正在學唱歌。』

『唱歌。』教授嘆了口氣。『唱歌很難哪！你研究過音樂史沒有？』

寶灔憂慮起來，因爲她沒有。下課之後，她挽著麗貞的手臂擠到講台前面，問教授，音樂史有什麼書可看。

教授對於莎士比亞的女人雖然是熱烈、放肆，甚至於佻達的，對於實際上的女人却是非常酸楚，懷疑。他把手指夾在莎士比亞裏，冷淡地看了她一眼，然後合上書，合上眼睛，安靜地接受了事實：像她那樣的女人是決不會認眞喜歡音樂史的。所以天下的事情就是這樣可哀：唱歌的女人永遠不會懂得音樂史。然而因爲盡責，他嘆口氣，睜開眼來，拔出鋼筆，待要寫出一連串的書的名字，全然不顧到面前有紙沒有。寶灔慌亂地在麗貞手裏奪過筆記簿，攤在他跟前。被這眼睜睜的志誠所感動，他忽然想，就算是年輕人五分鐘的熱度罷，到底是難得的。他說：『我那兒有幾本書可以借給你參考參考。』便在筆記簿上寫下他的地址。

寶灔到他家去，是陰雨的冬天，半截的後門上撐出一隻黃紅油紙傘，是放在那裏晾乾的。進去是廚房，她問：『羅先生在家嗎？』自來水龍頭前的老媽子回過頭來向裏邊喊叫：『找羅先生的。』抱著孩子的少婦走了出來，披著寬大的毛線圍巾，更顯得肩膀下削，有女性的感覺。扁薄美麗的臉，那是他太太。她把寶灧引了進去，樓下有兩間房是他們的，並不很大，但是因爲空，覺得大而陰森。羅潛之的書桌書架佔據了客室的一端。他蕭瑟地坐在書桌前，很冷，穿著極硬的西裝大衣。他不替寶灧介紹他太太，自顧自請她坐下，把書找出來給她。寶灧膽怯地帶笑翻了一翻，忸怩地問他可有淺一點的。他告訴她沒有。他發現她連淺些的也看不懂，他發現她的聰明是太可惜了的，於是他自動地要爲她補習。寶灧也考慮過要不要給他錢，斷定他決不肯收下，而且會認爲是侮辱。她很高興，因爲雖然是高尙的學問上的事情，揀著點小便宜到底是好的。

羅潛之一直想動手編譯一部完美的音樂史。『回國以後老沒有這個興致。在這樣低氣壓的空氣裏，什麼都得揀省事的做，所以空下來也就只給人補補書。可是看見你這樣熱心……多少年來我沒有像現在這麼熱心過。』寶灧非常感奮。每天晚飯後她來，他們一同工作，羅太太總在房間那邊另一盞燈下走來走去忙碌著，如果羅太太不在，總有一兩個小孩在那兒玩。潛之有時候嫌吵，羅太太就說：『叫他們出去玩，就打架闖禍。剛才三層樓上太太還來鬧過呢！』寶灧心裏發笑，暗暗說：『你監視些什麼！你丈夫固然是可尊敬的，可是我再沒有男朋友也不會看上他罷？』

寶灧常常應時按景給他們帶點什麼來，火腿，西瓜，代乳粉，小孩的絨線衫，她自己家裏包用的裁縫，然而她從來不使他們感覺到被救濟。她給他們帶來的只有甜蜜，溫暖，激勵，一個美女子的好心。然而潛之夫婦兩個時常吵架，潛之脾氣暴躁，甚至要打人。

寶灧說：『愛玲，你得承認，凡是藝術家，都有點瘋狂的。』她用這樣的憐惜的眼光看著我，使我很惶恐，微弱地笑著，什麼都承認了。

這樣有三年之久。潛之的太太漸漸知道寶灩並沒有勾引她丈夫的意思。寶灩的淸白威脅著她，使她覺得自己下賤，小氣。現在她不大和他們在一起，把小孩也喚到裏面房裏去。有時候她又故意坐在他們視線內，心裏說：『怎麼樣？到底是我的家！』潛之的書桌上點著綠玻璃罩的枱燈，鮮粉紅的吸墨水紙，擱在上面的寶灩的手，映得靑黃耀眼。寶灩看看那邊的羅太太，懷裏坐著最小的三歲的孩子，她和孩子每人咀嚼著極長極粗的一根芝蔴麥芽糖，她的溫柔的頭髮聖母似地垂在臉上，不知道她在想什麼，她俯身看看小孩，看他是在好好喫著，便放了心似地又去吃她的了。小孩也探過身來看看母親手裏的報紙包，見裏面還有兩塊糖，便滿意地又去吃他的了，再想一想，還是不能安心，又撲過身來要拿，手臂只差一點點，抓不到，屢屢用勁，他母親也不幫助，也不阻止，只是平靜地、聖母似地想著她的心思，時而拍拍她衣兜裏的芝蔴屑，也把孩子身上撣一撣。

寶灩不由得回過眼來看了潛之一下，很明顯地是一個問句：『怎麼會的呢？這樣的一個人……』

潛之覺得了，笑了一聲，笑聲從他腦後發出。他說：『因爲她比我還要可憐……』他除下眼鏡來，他的眼睛是單眼皮，不知怎麼的，眼白眼黑在眼皮的後面，很後很後，看著並不覺得深沉，只有一種異樣的退縮，是一個被虐待的丫嬛的眼睛。他說了許多關於他自己的事。在外國他是個苦學生，回了國也沒有苦盡甘來。他失望而且孤獨，娶了這苦命的窮親戚，還是一樣孤獨。

對於寶灩的世界他妒忌，幾乎像報復似地，他用一本一本大而厚的書來壓倒她，他給她太多的功課。寶灩並不抗議，不過輕描淡寫回報他一句：『忘了！』嬌俏地溜他一眼，伸一伸舌頭，然後又認眞地抱怨：『嗯嗯嗯！明明念過的嘛，讓你一問又都忘了！』逼急了她就歇兩天不來，潛之終於著慌起來，想盡方法籠絡她，先用中文的小說啓發她的興趣。

不知道從什麼時候起他開始寫信給她，天天見面，仍然寫極長的信，對自己是悲傷，對她是期望。她也被鼓勵著寫日記與日記性質的信，起頭是『我最敬愛的潛之先生』。

有一天他當面遞給她這樣的信：『……在思想上你是我最珍貴的女兒，我的女兒，我的王后，我墳墓上的紫羅蘭，我的安慰，我童年回憶裏的母親。我對你的愛是亂倫的愛，是罪惡的，也是絕望的，而絕望是聖潔的。我的灩——允許我這樣稱呼你，即使僅僅在紙上！……』

寶灩伏在椅背上讀完了它。沒有人這樣地愛過她。沒有愛及得上這樣的愛。她背著燈，無力地垂下她的手，信箋在手裏半天，方才輕輕向那邊一送，意思要還給他。他不接信而接住了她的手。信紙發出輕微的脆響，聽著像在很遠很遠的地方，她也覺得是夢中，又像是自己，又像是別人，又像是驟然醒來，燈光紅紅地照在臉上，還在疑心是自己是別人，然而更遠了。他恍惚地說：『你愛我！』她說：『是的，但是不行的。』他的手在她的袖子裏向上移，一切忽然變成眞的了。她說：『告訴你的：不行的！』站起來就走了，臨走還開了臥室的門探頭進去看看他太太和小孩，很大方地說：『睡了嗎？明天見呀！』有一種新的自由，跋扈的快樂。

他却從此怨苦起來，說：『我是沒有希望的，然而你給了我希望，』要她負責的樣子。他對他太太更沒耐性了。每次吵翻了，他家的女傭便打電話把寶灔找來。

寶灔向我說：『他就只聽我的話！不管他拍桌拍凳跳得三丈高，只要我來 charm 他一下——我說：Darling……』

春天的窗戶裏太陽斜了。遠近的禮拜堂裏敲著昏昏的鐘。太美麗的星期日，可以覺得它在窗外澌澌流了去。

這樣又過了三年。

有一天她給他們帶了螃蟹來，親自下厨房幫著他太太做了。晚飯的時候他喝了酒，吃了螃蟹之後又喝了薑湯。單她跟他一起，他突然湊近前來，發出桂花糖的氣味。她雖沒喝酒，也有點醉了，變得很小，很服從。她在他的兩隻手裏縮得沒有了，雙肩並在一起。他抓住她的肩的兩隻手彷彿也合攏在一起了。他吻了她——只一下子工夫。冰涼的眼鏡片壓在她臉上，她心裏非常清楚，這淸楚使她感到羞恥。耳朵裏只聽見『轟！轟！轟！』酒醉的大聲，同時又是靜悄悄，整個的房屋，隔壁房間裏一點聲音也沒有，她準備著如果有人推門，立刻把他掙脫，然而沒有。

回家的時候她不要潛之送她下樓，心頭惱悶，她一直以爲他的愛是聽話的愛……走過廚房，把電燈一開，僕人們搭了鋪板睡覺，各有各的鼾聲，在燈光下張著嘴。竹竿上晾的藍布圍裙，沒絞乾，緩緩往下滴水，『嗒——嗒——嗒——』寂靜裏，明天要煨湯的一隻鷄在洋鐵垃圾桶裏窸窸窣窣動彈著，微微地咯咯叫著。寶灔自己開了門出去，覺得一切都是褻瀆。

以後決不能讓它再發生了——只這一次。

然而他現在只看見她的嘴，彷彿他一切的苦楚的問題都有了答案，在長年的黑暗裏瞎了眼的人忽然看見一縷光，他的思想是簡單的，寶灎害怕起來。當著許多人，他看著她，顯然一切都變得模糊了，只剩下她的嘴唇。她怕他在人前失禮，不大肯來了，於是他約她出去。

她在電話上推說今天有事，答應一有空就給他打電話。

『要早一點打來，』他叮囑。

『明天早上五點鐘打來——夠早麼？』還是鎮靜地開著玩笑，藏過了她的傷心。

常常一同出去，他吻夠了她，又有別的指望，於是她想，還是到他家來的好。他和她考慮到離婚的問題，這樣想，那樣想，只是痛苦著。現在他天天同太太鬧，孩子們也遭殃。寶灎加倍地撫慰他們，帶來了餛飩皮和她家特製的薺菜拌肉餡子，去廚房裏忙出忙進。羅太太疑心她，而又被她的一種小姐的尊貴所懾服。後來想必是下了結論，並沒有錯疑，因為寶灎覺得她的態度漸漸强硬起來，也不大哭了。

有一天黃昏時候，僕人風急火急把寶灎請了去。濳之將一隻墨水瓶砸到牆上，藍水淋漓一大塊漬子，他太太也跟著跌到牆上去。老媽子上前去攙，口中數落道：『我們先生也眞是！太太有了三個月的肚子了——三個月了哩！』

寶灎呆了一呆，狠命抓住了濳之把他往一邊推，沙著喉嚨責問：『你怎麼能夠——你怎麼能夠——』眼淚繼續流下來。她吸住了氣，推開了濳之，又來勸羅太太，扶她坐下了，一手圈住她，哄她道：『理他呢，簡直瘋了，越鬧越不像樣了，你知道他的脾氣的，不同他計較！三個月了！』她慌裏慌張，各種無味的假話從她嘴裏滔滔流出來：『也該預備起來了，我給她打一套絨線的小衣裳。喂，寶寶，要做哥哥了，以後不作興哭了，聽媽媽的話，聽爸爸的話，知道了嗎？』

她走了出來，已經是晚上了，下著銀絲細雨，天老是暗不下來，一切都是淡淡的，淡灰的夜裏現出一家一家淡黃灰的房屋，淡黑的鏡面似的街道。都還沒點燈，望過去只有遠遠的一盞燈，才看到，它霎一霎，就熄滅了。這些話她不便說給我聽，因爲大家都是沒結過婚的。她就說：『我許久沒去了。希望他們快樂。聽說他太太胖了起來了。』

『他呢？』

『他還是瘦，更瘦了，瘦得像竹竿，眞正一點點！』她把手合攏來比著。

『哎喲！』

『他有肺病，看樣子不久要死了。』她淒淸地微笑著，原諒了他。『呵，愛玲，到現在，他吃飯的時候還要把我的一副碗筷擺在桌上，只當我在那裏，而且總歸要燒兩樣我喜歡吃的菜。愛玲，你替我想想，我應當怎樣呢？』

『我的話你一定聽不進去的。但是，爲什麼不試著看看，可有什麼別的人，也許有你喜歡的呢？』

她帶笑嘆息了。『愛玲，現在的上海……是個人物，也不會在上海了！』

『那爲什麼不到內地去試試看呢？我想像羅先生那樣的人，內地大概有的。』

她微笑著，眼睛裏却荒涼起來。

我又說：『他爲什麼不能夠離婚呢？』

她扯著袖口，低頭看著青綢裏子。『他有三個小孩，孩子是無辜的，我不能讓他們犧牲了一生的幸福罷？』太陽光裏，珍珠蘭的影子，細細的一枝一葉，小朵的花，映在她袖子的青灰上。可痛惜的美麗的日子使我發急起來。『可是寶灩，我自己就是離婚的人的小孩子，我可以告訴你，我小時候並不比別的孩子特別地不快樂。而且你即使樣樣都顧慮到小孩的快樂，他長大的時候或許也有許多別的緣故使他不快樂的。無論如何，現在你痛苦，他痛苦，這倒是眞的。』

她想了半天。『不過你不知道，他就是離了婚，他那樣有神經病的人，怎麼能同他結婚呢？』

我也覺得這是無可挽回的悲劇了。

尾聲

我到老山東那裏去燙頭髮。是我一個表姐告訴我這地方，比理髮館便宜，老山東又特別仔細。舊式衖堂房子，門口沒掛招牌，想必是逃稅。進門一個小天井，時而有八九歲以下的男孩出沒，總有五六個，但是都很安靜，一瞥即逝。

石庫門房子，堂屋空空的沒什麼家具，靠門擱著隻小煤球爐子。老山東的工作室在廂房，只設一隻理髮椅；四壁堆著些雜物。連隻坐候的椅子都沒有，想必同時不會有兩個顧客。老山東五十幾歲了，身材高大，微黑的長長的同字臉，看得出從前很漂亮。他太太至少比他小二十歲，也很有幾分姿色，不過有點像隻鳥，圓溜溜的黑眼睛，鳥喙似的小高鼻子，圓滾滾的胸脯，脂粉不施，一身黑，一隻白頰黑鳥，光溜溜的鳥類的扁腦勺子，雖然近水樓台，連頭髮都沒燙，是老夫少妻必要的自明心跡？她在堂屋忙出忙進，難得有時候到廂房門口張一張，估計還有多久，配合煮飯的時間。

老山東是眞仔細，連介紹我來的表姐都說：『老山東現在更慢了，看他拿兩撮子頭髮比來比去，急死人！』放下兩小綹，又另選兩小綹拎起來比長短，滿頭這樣比對下來，再有耐心也憋得人要想銳叫。忍著不到門口來張望的妻子，終於出現的時候，眼神裏也彷彿知道他是因爲生意淸，閒著也是閒著，索性慢工出細活。

怪不得這次來，他招呼的微笑似乎特別短暫。顧客這方面的嗅覺最敏感的，越是冷冷淸淸，越沒人上門，互爲因果。

咕咚！咕咚！忽然遠遠的在鬧市裏什麼地方搥了兩下。打在十丈軟紅塵上，使不出勁來。

老山東側耳聽了聽。『轟炸，』他喃喃地說。

我們都微笑，我側過臉去看窗外，窗外只有一堵小灰磚高牆擋著，牆上是淡藍的天。

咕咚！這次沉重些，巨大的鐵器跌落的聲音，但還是墜入厚厚的灰沙裏，立即咽沒了，但是重得使人心裏一沉。

美國飛機又來轟炸了。好容易快天亮了，却是開刀的前夕，病人難免擔心會不會活不過這一關。就不炸死，斷了水電，勢必往內陸逃難，被當地的人刨黃瓜，把錢都逼光了，丟在家裏的東西也被趁火打劫的亂民搶光了。像老山東這點器械設備都是帶不走的，拖著這麼些孩子跑到哪去？但是同時上海人又都有一種有恃無恐的安全感。投鼠忌器，怎麼捨得炸爛上海的心臟區？——日本人炸過。那是日本人。

窗外淡藍的天彷彿有點反光，像罩著個玻璃罩子，未來的城市上空倒扣著的，調節氣候，風雨不透的半球形透明屋頂。

咚！咚咚！這兩下近得多。

老山東臉上如果有任何反應的話，只是更堅決地埋頭工作。我苦於沒事做，像坐在牙醫生椅子裏的人，急於逃避，要想點什麼別的。

也許由飛機轟炸聯想到飛行員，我忽然想起前些時聽見說殷寶灩到內地去了，嫁了個空軍，幾乎馬上又離婚了。

講這新聞的老同學只微笑著提了這麼一聲，我也只笑著說『哦？』心裏想她倒眞聽了我的話走了，不禁有點得意。

我不知道她離開了上海。『送花樓會』那篇小說刋出後她就沒來過，當然是生氣了。

是她要我寫的，不過寫得那樣，傷害了她。本來我不管這些。我總覺得寫小說的人太是個紳士淑女，不會好的。但是這篇一寫完就知道寫得壞，壞到什麼地步，等到印出來才看出來，懊悔已經來不及了。見她從此不來了，倒也如釋重負。

聽到她去內地的消息，我竟沒想到是羅潛之看了這篇小說，她對他交代不過去，只好走了。她對他的態度本來十分矛盾，那沒關係，但是去告訴了第三者，而且被歪曲了（他當然認爲是），那實在使人無法忍受。

其實他們的事，也就是因爲他教她看不入眼。是有這種女孩子，追求的人太多了，養成太强的抵抗力。而且女人向來以退爲進，『防衞成功就是勝利。』抗拒是本能的反應，也是最聰明的。只有絕對沒可能性的男子她才不防備。她儘管可以崇拜他，一面笑他一面寵慣他，照應他，一個母性的女弟子。於是愛情乘虛而入——他錯會了意，而她因爲一直沒遇見使她傾心的人，久鬱的情懷也把持不住起來。相反地，怕羞的女孩子也會這樣，碰見年貌相當的就窘得態度不自然，拒人於千里之外；年紀太大的或是有婦之夫，就不必避嫌疑。結果對方誤會了，自己也終於捲入。這大概是一種婦科病症，男孩似乎沒有。

她的婚事來得太突然，像是反激作用，爲結婚而結婚。甚至於是賭氣，因爲我說她老了。——是因爲長期痛苦而憔悴。——在大後方，空軍是天之驕子，許多女孩子的夢裏情人。他對她不會像羅潛之那樣。性有重於泰山，有輕於鴻毛。如果給了潛之——當然即使拖到老，拖到死，大概也不會的，但是可以想像。有了個比較，結婚就像是把自己白扔掉了。

我爲了寫那麼篇東西，破壞了兩個人一輩子唯一的愛情——連她可能也是，經過了又一次的打擊。

他們不是本來已經不來往了？即使還是斷不了，他們不是不懂事的青少年，有權利折磨自己，那種痛苦至少是自願的，不像這樣。

轟炸聲遠去了。靜悄悄的，老山東的太太也沒再出現過。做飯炒菜聲息毫無，想必孩子們鬧餓了都給鎮壓下去了。

我怕上理髮店，並不喜歡理髮館綺麗的鏡台，酒吧似的鏡子前面一排光豔名貴的玻璃瓶，成疊的新畫報雜誌，吹風轟轟中的嗡嗡笑語。但是此地的家庭風味又太淒涼了點，目之所及，不是空空落落，就是破破爛爛，還有老山東與他太太控制得很好的面色，都是不便多看，目光略一停留在上面就是不禮貌。在這思想感覺的窮冬裏，百無聊賴中才被迫正視『殷寶灩送花樓會』的後果。『是我錯』，像那齣流行的申曲劇名。

我沒再到老山東那裏去過。

——一九八三年補寫一九四四年舊作

情場如戰場

【附錄】

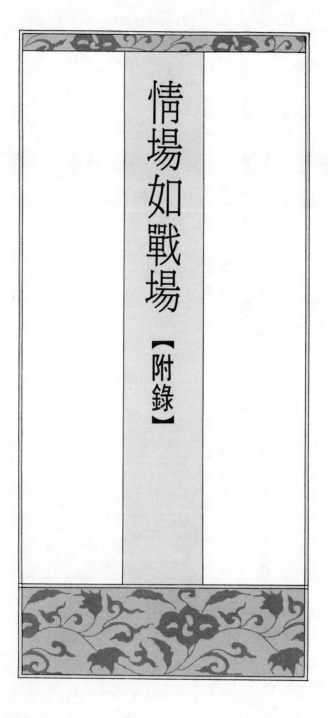

人物

葉緯芳——廿一歲，美艷，擅交際。

陶文炳——廿五歲，中產的寫字間工作者。漂亮，稍有點浮淺輕率。

史榕生——廿四歲，緯芳的表兄。較陰鬱，內向，諷刺性。

葉緯芩——廿二歲，緯芳之姊，爽直明朗，有點男性化。貌雖端麗，遠不及緯芳有吸引力。

葉經理——緯芳之父。

葉太太——緯芳之母。

史太太——榕生之母。

何啓華教授——三十六歲，貌不揚。
王壽南——星洲富豪，乃葉所經營之公司之董事長。
王壽南之子。
舞會賓客、女主人。
咖啡店僕歐。
男女傭數人。司機。工役。
飛機場送行者、攝影記者等。

第一場

（夜。特寫：門燈下，大門上掛著耶誕節常青葉圈。跳舞的音樂聲。）
（鏡頭拉過來，對著蒸氣迷濛的玻璃窗，窗內透出燈光，映著一棵耶誕樹的剪影，樹上的燈泡成爲一小團一小團的光暈。）
（室內正舉行一個家庭舞會。）
（L.S. 年輕的女主人帶著陶文炳走到葉緯芳跟前，替他們介紹。樂聲加上人聲嗡嗡，完全聽不見他們說話。文向芳鞠躬，請她跳舞。）
（M.S. 文與芳舞。以上都是啞劇。）
（炫目的鎂光燈一閃，二人的舞姿凝住了不動，久久不動，原來已成爲一張照片，文左手的手指捏住照片的邊緣。）
（他用右手的食指輕輕撫摸著照片上芳的頭髮與臉。）

第二場

景：文炳的辦公室。設著幾張寫字枱，他佔其一。

（文凝視照片。一個同事在他背後走過，他急藏起照片。手按在電話上，發了一會怔，終於下決心打電話。）

文：（撥了號碼）喂？葉公館嗎？請葉緯芳小姐聽電話。

第三場

景：葉家

（女傭一手拖著一根打蠟桿，一手持聽筒。）

傭：二小姐出去了。他們都出去了。你打五七四三〇。

第四場

景：葉家的郊外別墅

（緯芳與父、母、姊、表兄坐屋外大樹下，野餐方畢。父吸雪茄看報。芳半躺半坐，在樹身上刻她自己的名字。

（門內傳來電話鈴聲。）

葉太：（正削蘋果）緯芳，去聽電話。

芳：（繼續刻字）姐姐你去聽。

苓：一定又是你的。（但仍立起，上階入屋內。）

葉太：不是她的，就是她爸爸的。就他們倆的電話頂多。

芳：（刻完名字，把小刀扳了扳，折起來，擲給榕生）表哥，還你。

（榕收起小刀。）

葉太：榕生，吃蘋果。（將削好的蘋果遞給他）

榕：姑媽，你自己吃。

（苓自屋內出。）

苓：（喊）妹妹，你的電話。（回樹下）

（芳起，赴屋內。）

葉經理：（抬起頭來向芳）噯，別打得太長。我在這兒等一個要緊的電話。

葉太：（向榕）你姑父就是這樣，難得出來玩一天，還老惦記著公司裏的事。

榕：你們不大上這兒來，眞是可惜，這兒風景眞好。

苓：是呀。我們除了夏天上這兒來歇夏，一年到頭屋子老是空著，眞是白糟蹋了這地方。

葉太：噯，榕生，其實你上這兒來住挺好的，你喜歡淸靜。

苓：表哥，你可以在這兒寫小說，沒人打攪你。

榕：（笑）對了，我可以在這兒寫小說，就手給你們看房子。

葉太：好極了。（取過手袋，從鑰匙串上抹下一隻來給他）哪，這是大門的鑰匙，你不嫌冷清，有空就來住。

第五場

景：咖啡館

（文炳走入，四面張望了一下，找了張桌子坐下，忽然看見榕獨坐一隅喝咖啡寫稿。）

文：（點頭招呼）嗳，榕生！你也在這兒。

榕：嗳，文炳。上這兒來坐。

（文走過來。）

榕：你是一個人？

文：（坐下）我在等一個朋友。

榕：女朋友是不是？

文：（笑）不，不，不過是個朋友。

榕：（打手勢招呼侍者）你吃什麼？

文：來杯咖啡吧。——你在寫稿子？

榕：（笑著疊起文稿）我正打算走。

文：再坐一會。

榕：我走了，讓你安心的等女朋友。

文：我給你介紹。

榕：我不想在這兒招人家討厭。

（侍者送咖啡給文。）

榕：（向侍者）賬單。（向文）幾時我們去游泳。

文：這天游泳，不太冷麼？

榕：不，我有個親戚借了個別墅給我，有室內游泳池。

文：室內游泳池——這別墅一定非常講究。

榕：那房子不錯，風景也好。

文：在哪兒？

榕：在青山。

文：嗳，榕生，你能不能借給我用一天？

榕：啊，我知道，你要帶女朋友去，是不是？（付賬）

文：對了。

榕：好吧，你幾時要，上我家來拿鑰匙。（起）我走了，過天見。

文：過天見。

（榕去。文看錶，喝咖啡，幻想中現出郊外風景，一切都特別浪漫化，落花如雪，他和緯芳挽臂在花下走過，兩人抬頭望著精雅的別墅，相視一笑。他要吻芳，芳掙脫逃去，他在樹後追上了她——）

一個聲音：對不起，我來晚了。（芳已來到他桌前）

文：（吃驚，立起）不晚，不晚。（幫芳脫大衣）

芳：你一個人在這兒發怔，想什麼？

文：我在這兒想，這兩天郊外的風景很好。幾時我們到青山去玩一天，換換空氣，好不好？

芳：你常到青山去麼？

文：我常去。我有個別墅在那兒，玩累了可以在屋子裏休息休息。

芳：那倒很方便。

文：這個禮拜六你有空麼？一塊兒去好不好？

芳：禮拜六我有點事，禮拜天吧。

文：好，好。

（僕歐送菜單來，文接過研究。F.O.）

第六場

景：別墅門前

（文開汽車在別墅前停下，看了看號碼。芳坐在他旁邊，詫異地望望車窗外，又望望他。）

芳：咦，你不是說到你的別墅去？

文：對了，就是這兒。（手持野餐籃下車）

芳：（詫笑）就是這兒？

（文繞到她那邊去替她開車門。芳下車。）

芳：（帶著驚異的微笑望著房屋）這是你們的房子？

文：（微愠。打趣地：）你看我不像住得起這樣的房子？

芳：（笑）不，不，你別誤會。

文：這房子其實並不好。自己用還可以將就，請客，地方就不夠大，設備也不是最新式的。

（指牆壁）這顏色也不夠大方。

芳：（微愠）我倒覺得挺不錯。我最喜歡這顏色。

文：那好極了，我眞高興，剛巧是你最喜歡的顏色。本來打算換一個顏色，現在絕對不換了。

芳：（望著他微微一笑。走到大樹下，見樹上刻的『緯芳』二字）咦，這是什麼？——這不是我的名字？

文：（吃驚）這——這個——
芳：眞奇怪，這是誰刻的？
文：（隨機應變）還有誰呢？
（芳望著他笑。）
文：（勇氣陡增）緯芳，這可以證明我不看見你的時候，也一直想到你。（握住她的手）
芳：（掙脫走開）我們進去坐會兒，我累了。
文：好。（同上階，入走廊。文掏出鑰匙開門。）

第七場

景：穿堂
（狹長的穿堂。文讓芳先走入，然後跟了進來。）
文：你累了，上客廳去休息休息。（一開門，却是一個衣櫥，裏面掛著幾隻衣架，一件雨衣，櫥角立著一隻高爾夫球桿袋。）
文：（略怔了怔，但立即隨機應變：）來來，我先給你把大衣掛起來。（轉身幫芳脫大衣，掛櫥內，再開另一扇門。）

第八場

景：客室

（房間很大，新巧精緻。有樓梯通到二樓。玻璃門通走廊。

（文推開房門，芳在他後面探頭進來張望。）

芳：啊，這是客廳。

文：進來坐，進來坐。（同入）

芳：（看見鋼琴上有兩張照片，一張是她父親，一張是她母親）嗳，這是誰？

文：呃——這是——我父親母親。

芳：哦？怎麼一點也不像你？

文：是嗎？人家都說我活像我父親年輕的時候。

芳：（轉身見書架上姊照片）唔！這是你女朋友吧？眞漂亮！

文：我哪兒來的女朋友，除非是你。

芳：得了，別賴了！到底是誰？（持照片看）

文：是我妹妹。

芳：你騙人。

文：眞的。（並立看照片，手臂兜住她的肩膀。）
芳：（閃避走開，看到桌上的野餐籃）我們別在屋裏吃飯，出去野餐，找個風景好的地方。
文：對了。現在就去，好不好？
芳：也好。（檢視籃中罐頭）這湯最好熱一熱。
文：（接過兩罐頭湯）我去熱。
芳：我來幫忙。這兒有廚房沒有？
文：有有。

第九場

景：穿堂

（文在前面走，芳在後面跟著。文試甬道盡頭的一扇門。）

第十場

景：室內游泳池

（一片黑暗。一扇門推開了，射進一角光來。隱約可以看見文走了進來，芳立門口。）

芳：你怎麼不開燈？

文：我在找電燈開關。

芳：噯，當心，當心。

（訇然一聲響。水花四濺聲。芳急捻開電燈。原來這裏是室內游泳池。文已跌落池中。兩隻罐頭在水中載沈載浮。）

芳：怎麼回事？

文：（喘息著在水中游泳）眞是笑話，自己家裏，都會迷了方向。

芳：你還嫌這屋子太小，屋子再大些，不更要迷路了？

文：（勉强哈哈笑著）可不是！眞是笑話！（攀著池邊爬上來）我們這房子，這半邊是新蓋的，蓋了之後我就沒來過，所以簡直摸不清。

芳：幸虧我在這兒，要是你一個人，淹死了都沒人知道。

（文以手背拭面上水。）

芳：（不耐煩地）噯呀，瞧你這渾身水淋淋的，怎麼能走出去。上樓去瞧瞧有電爐沒有，把衣服烤乾它。

第十一場

景：客室

（文與芳同入，經客室上樓梯。文的濕鞋在淺色大地毯上印了一行脚印。）

芳：你瞧，這地毯給你糟蹋的，簡直完了！

文：（强笑）你心疼我這地毯？

芳：這麼好的地毯，我怎麼不心疼？

文：（感動，窘笑：）緯芳，你太好了，處處替我打算。（握住她的手）

芳：（不耐，甩脫他的手）得了得了。

第十二場

景：二樓，樓梯口

（文與芳走上樓來，文推開最近的一扇門。是一個臥室，迎面牆上掛著一張全家福大照片，僅是頭部，芳的父母居中，芳與姊分立兩旁。文呆住了。配音的音樂突然爆發，高漲。

（文回顧，芳無聲地抽搐著大笑。文不知所措。芳終於笑出聲來。在她的狂笑聲中D.O.）

第十三場

景：大門前

D.I.（文奔出，上車，開車走。）D.O.

第十四場

景：偏僻的公路上

D.I.（文的汽車橫衝直撞而來，一歪，駛到路邊，戛然停住。文呆呆地坐在車盤前。片刻，他從袋中摸出皮夾子，取出他與芳共舞的照片，看照片。照片中的芳突然張開了嘴，嘲諷地狂笑起來。他不能忍受，把照片撕成小片擲出車外。他再踏動馬達，F.O.）

第十五場

景：榕家。穿堂，燈光下。

F.I.（女傭開了門站在一邊。文立門口。

（榕自客室出迎。）

榕：嗳，文炳，進來坐。（導入客室門口）

（文瞥見客室內有一老一少二女子，退縮。）

文：你們有客，我改天再來吧。還你這鑰匙。（授匙予榕）

榕：（接匙，向他眨眨眼）今天怎麼樣？玩得挺高興吧？

文：（苦笑）嗳。那地方風景眞不錯。

榕：（拍文肩，低聲：）是談戀愛最合適的地方。嗳，等你戀愛成功了，可別忘了請客，啊！

文：（苦笑）好，我走了，過天見。

榕：別走，進來坐一會。（拉入客室）

第十六場

景：榕家客室

（榕母史太太與葉緯芩正坐談。）

榕：這是我的老同學，陶文炳。這是我母親。這是我表妹，葉緯芩小姐。

（衆點頭爲禮。文見芩吃驚，想起別墅中照片，知係芳姊。）

史太：陶先生請坐。我去叫他們沏茶。

文：伯母別費事了。

（史太出。榕讓文坐，自己坐母座位。）

榕：（向苓）你剛才問我要郵票，這位陶先生在進出口行做事，世界各國的郵票他都有。

文：葉小姐喜歡收集郵票？

苓：（笑）喜歡是喜歡，可是並沒有什麼名貴的郵票。

榕：不用客氣了，你那張巴西的紀念郵票還不算名貴？

苓：也就那麼一張。

文：是紀念第一次革命的，是不是？

榕：你有沒有？

文：（搖頭）這很少見的，聽說市面上一共沒有幾張。

榕：（向苓）他也是個集郵家。你缺哪一種，可以跟他交換。

苓：澳洲的郵票你有沒有？

文：有有。過天我交給榕生。（立起）對不起，我還有點事，我先走了。（點頭，出。）

榕：有空來玩。（送出）

（苓立起來，走到書桌前面，拿起榕的一疊原稿翻看，若有所思。榕回客室。）

苓：表哥。

榕：嗯？
苓：你這稿子這麼亂七八糟的，得重新抄一遍吧？
榕：嗳。
苓：過天我來幫你抄。
榕：不用了，我自己抄。
苓：眞的，我反正沒事。
榕：好吧，那麼謝謝你。

第十七場

景：（同上，但有陽光自窗內射入。苓坐窗前抄文稿，榕坐室之另一隅吸煙構思，面前攤著紙筆。）
苓：（放下筆）表哥，我倒已經抄完了。（立起，整理一大疊文稿，壓上一隻鎭紙。四面看看。沒有別的事可做，拿起茶來喝了一口。）我走了。（拿起手袋）陶先生這一向沒來？
榕：（繼續寫稿）哪個陶先生？
苓：你那老同學。

榕：哦，你說陶文炳。他沒來。

苓：（打開手袋）下次你看見他，你把這張郵票交給他，跟他換一張澳洲的。（遞一張郵票給榕）

榕：（詫）咦，這不是你那張巴西的紀念郵票？幹嗎不要了？多可惜。

苓：其實這種郵票也沒什麼稀奇，不過陶先生說他沒有，所以我想跟他換一張。（向內室嚷了一聲）舅母，我走了！（出）

（榕手裏拿著郵票，面現詫異之色，抓了抓頭髮。榕母自內室出。）

史太：緯苓走了？

榕：唔。

史太：她這一向常來。我看她對你很有意思。

榕：不，不，絕對不是。

史太：你又何必瞞著我？親上加親，我還有什麼不願意的？

榕：（不耐）媽，你完全誤會了。

史太：（惱）得了，反正你不願意告訴我就是了。

榕：（不得已地）不是呃——告訴你：緯苓這一向老上這兒來，我想她是希望在這兒碰見一個人。

史太：誰？

榕：陶文炳。

史太：那你為什麼不給他們拉攏拉攏？

榕：（厭倦地）沒用。只要讓緯芳知道她姐姐喜歡這人，非把他搶了去不可。搶了去再把他扔了。

史太：（想了想）噯。緯芳這孩子是這麼個脾氣。她姐姐呢也太老實了。

榕：（皺眉）她們姐妹倆眞是完全相反。（D.O.）

第十八場

同景

（D.I. 緯苓、緯芳姊妹倆並坐在沙發上，穿著薄紗夏衣，芳手中捧著一杯冷飲。）

（鏡頭拉開，榕坐一邊相陪。）

芳：表哥，我們明天就搬到青山去過夏天，你也去，好不好？

苓：那兒涼快得多。

榕：好，我明天有空就來。

芳：媽還說叫你多帶幾個朋友來。

榕：（自抽屜內取出一個開口的信封遞給苓）差點忘了，有人叫我把這個交給你。

苓：（驚喜，打開，見是許多張郵票）這麼許多！

芳：什麼東西？

苓：（不讓她奪過去）表哥，你幹嗎不請陶先生到青山去住兩天，比方禮拜六去，禮拜一回來。

芳：（銳利地看了苓一眼。向榕：）哪個陶先生？

榕：陶文炳。

芳：陶文炳？我認識他。

榕
苓（愕然，同聲：）你認識他？

芳：（勝利地）我們是很熟的朋友。噯，表哥，你告訴他，就說我說的，叫他一定得來。（苓銳利地看了芳一眼，低下頭去把郵票收到手袋裏，神色凄涼。）

榕：（看了她們倆一眼）好，我待會給他打電話。（D.O.）

第十九場

景：榕家

D.I.（榕正打電話給文）

榕：他們家兩個小姐你不都認識嗎？他們二小姐說她跟你是很熟的朋友。

第二十場

景：文的辦公室

（文坐寫字枱前聽電話）

文：（窘）是嗎？他們二小姐是——……哦，就是葉緯芳小姐。我見過的。……（窘，拭汗）她還說什麼沒有？沒說什麼？就說我一定來？（喜出望外，慚愧地囁嚅笑著：）好，那麼我——好，咱們禮拜六青山見。（掛上）（F.O.）

第廿一場

景：飛機場

F.I.（葉經理送王壽南回新加坡。王矮胖，髮已花白，戴黑邊眼鏡。王上機，攝影記者瞄準鏡頭，一羣送行者脫帽揮動。）

王：（忽在機門轉身大喚）葉經理！

葉：（趨前）嗳，董事長。
王：我忘了跟你說，我那孩子到香港來讀書，想請你照應照應。
葉：那當然，那當然。令郎大概幾時動身？
王：大概就是這兩天。
葉：好極了，那我等您的電報，我來接飛機。
王：費心費心。（入機）

第廿二場

景：別墅客室
（榕領文入，文手提小皮箱。）
榕：對不起，這兒的主人暫時不能來歡迎你，只好由我代表。
文：（低聲）他們有事？要是不方便——
榕：不，不，沒關係。坐。（二人坐下）他們在那兒忙著預備招待貴客。
文：什麼貴客？
榕：王壽南的兒子明天從新加坡來。
文：就是大名鼎鼎的王壽南呀？

榕：噯。我姑父那公司，他是董事長。

（男僕送茶入。）

榕：（指箱向僕）陶先生是住哪間屋子，你給送去。

僕：噢。（提箱出）

榕：我們也去瞧瞧你的屋子。（偕文隨僕出）

第廿三場

景：文臥室

（緯苓正將一隻小無線電搬置床前，俯身插撲落。

（僕提箱入。榕與文隨入。）

榕：（向苓）咦，你在這兒！

（文與苓互相點頭爲禮。）

苓：我來瞧瞧還缺什麼東西。

文：費心費心，葉小姐。

苓：幹嗎那麼客氣。表哥老是叫你文炳，我也就叫你文炳了。

榕：你也就叫她緯苓得了。

（文微笑。）

苓：（旋無線電試聽，向文：）你喜歡哪一類的音樂？

文：我都喜歡。

榕：（走到窗前，向文：）你這屋子比我的好，正對著花園。

文：（也走到窗前）剛才我看見一棵梔子花，開得眞好。

苓：你喜歡梔子花？我去給你摘點來。（拿起桌上的一隻花瓶走了出去）

文：這位葉小姐眞熱心。

榕：是的，我這個表妹人眞好。（『這』字特別加重）你跟她熟了就知道了。

（緯芳入，穿著游泳衣，外面裹著短浴氅。）

芳：（甜笑）文炳，好久不見了。

文：（有點窘）緯芳。

芳：我叫表哥帶話給你，帶到了沒有？（不等他回答，向榕：）媽叫你去陪客去，來了個何教授。

榕：哦，是姑父找他來看古董的，是不是？

芳：噯。請了人家來，他老人家自己又不在家。

（榕出。）

文：你要去游泳去？

芳：（笑挽文）我想先去照兩張游泳照。你來給我照。

第廿四場

景：園中

（芳一手拎著照相機甩來甩去，偕文同行。）

文：你眞原諒我了？

芳：不原諒你，也不會請你來了。

文：緯芳！（想吻她）

芳：噯，原諒了你，你不能就得寸進尺呀。（半推半就）

（苓在樹叢後採花，隔花見文吻芳。她拿著一把花，立在那裏呆住了。）

（隱約見文與芳走了過去。）

（苓低下頭去看了看手中的花，突感無聊，手一鬆，花都落到地下。）

第廿五場

景：客室

（榕陪何啓華教授坐談。）

榕：何教授，我姑父丟下話來，請您無論如何要等他回來，晚了就住這兒。

啓：（笑）好，好。（立起赴窗前）這兒環境眞好。

榕：這兒就是還清靜。

啓：（指點）那就是青山飯店吧？

榕：嗳。（與啓並立窗前）

（在遠景中，文在草坪上替芳拍游泳照。）

（啓注意到芳健美的姿態，不覺神往。）

榕：（看了啓一眼）那是我二表妹。

啓：噢。這位小姐活潑得很，活潑得很。

榕：（咳了聲嗽）對了，非常活潑，會交際。（笑）所以許多人造她的謠言，說她『玩弄男性』。

啓：哦？（回到原座）

榕：（倚窗台立，笑）其實她就是心眼太活，虛榮心又大，恨不得普天下的男人都來追求她。誰要是跟她認眞，那可準得受很大的刺激。

啓：（微笑）聽你老兄這口氣，倒好像你也是受了點刺激。

榕：（詫）我？（笑了起來）我絕對沒這危險。我太明白她了，知道得太清楚了。

（芳把浴氅鬆鬆地兜在肩上，露出全部曲線，太陽眼鏡拿在手裏甩來甩去，嫣娜地走了進來。見啓，突停步，莊重地把浴氅裹得緊些。文隨後入，拿著照相機。）

（榕與啓立起。）

榕：我來介紹。何啓華教授，葉緯芳小姐，陶文炳先生。（啓與二人握手）

芳：我不知道有客在這兒，衣裳也沒換。

榕：咦，剛才不是你叫我來陪客的？

芳：（瞪了他一眼）請坐請坐，何教授。

（衆坐。）

榕：何教授是考古學專家。

芳：考古學！我對考古學最感到興趣了。

（文向她看了一眼。）

啓：（有戒心）是嗎？

芳：幾時您公開演講，我一定去聽。

啓：一定要請您指教。

（男僕入。）

僕：何教授的電話。

啓：噢。（隨僕出）

芳：（拿起照相機遞給文）給表哥也照一張。

（文將照相機對準榕，芳也湊到鏡頭上去看，臉與文的臉挨得很近，耳鬢廝磨。二人突然相視一笑。）

榕：（視若無睹，向芳：）你覺得這何教授怎麼樣？（文扳照相機，給他拍了一張。）

芳：完全學者風度。我簡直崇拜他。

文：嗨，你除了我，不許崇拜別人，聽見沒有？（握住她的手）

芳：（笑）咳，連何教授這樣的人你都要吃醋？

文：不管是誰，你朝他看一看我都要吃醋。

芳：傻子。

（二人含情脈脈四目相視。）

（榕半躺半坐，兩手插在袋裏，吹著口哨，不去注意他們。）

芳：文炳，你去拿了游泳衣，上游泳池等著我。

文：好。你可得快點來。（出）

芳：何教授不知道會不會游泳。

榕：（溫和地）噯，我可得告訴你，那何教授呀，你不用打他的主意，白費心。

芳：我不懂你說什麼。

榕：我已經警告過他了，叫他別上你的當。

芳：什麼？（走近前來）你跟他說了些什麼？

榕：我告訴他你是什麼樣的人。

芳：我是什麼樣的人？

榕：（笑）你還不知道？還問我？

芳：（頓足）表哥，你眞可惡。我就不懂，這何教授也有這麼大年紀了，還怕他自己不會當心，要你像個奶媽似的照應他。

榕：我不是照應他。老實說，他要是上當也是活該。

芳：那你幹嗎多管閒事？

榕：因爲文炳是我的朋友。

芳：文炳跟我的事你管不著。

榕：我管不著呀？告訴你：不許你跟何教授胡鬧，要不然哪——

芳：要不然怎麼？

榕：我跟你搗亂，你就是受不了。

芳：（泫然欲涕）表哥，我簡直恨你。

榕：（拍拍她）好，恨吧。我不怕你恨。誰要是給你愛上了可就倒楣了。（出）

（芳氣憤，然後她的怒容突化爲滿面春風——何啓華入。）

啓：（見她一人在此，有點著慌）咦，他們都上哪兒去了？

芳：請坐。他們一會兒就來。

啓：（想溜）我——我上我屋去休息休息吧。

芳：你累了嗎？何教授？（整理沙發上軟墊）坐這兒，舒服點。

啓：（心悸，不安）不，眞的，我還有點事，一會兒再見。

芳：何教授，您在我們這兒挺悶的吧？也沒人可以陪您談談。我是學問根本夠不上，我表哥呢，又有點——（笑著敲了敲頭）有點神經。

啓：（愕然）哦？倒看不出來。

芳：你不覺得他有點奇怪麼？

啓：（思索）呃……噯。也許是有點……奇怪。

芳：其實這話我不應當告訴人。咳，我眞替他難受。也是我害了他。

啓：（不解）怎麼？

芳：（頓了頓。微笑）你聽他說話那神氣，簡直像是恨我是不是？

啓：可不是。（片刻的靜默）他——不恨你？

芳：（笑）恨我倒好了。

啓：（終於恍然）哦，他愛你。

芳：我眞不該告訴你這話。至少我應當替他保守秘密。（把兩條腿蜷曲著縮到沙發上，坐得舒服點，但忽然發現大腿完全裸露，輕輕驚叫了一聲『噯呀！』急把浴氅拉下來遮住。）

啓：我明白了。我眞覺得對不起他。自從我拒絕了他，他大概受的打擊太重，簡直成了神經病。

芳：（帶笑）你等著吧，他一有機會就會對你說我的壞話，說我是害人精，專門玩弄男性。你不用理他。

啓：當然不理他。

芳：（突換輕快的口吻）我們不談這個了，出去走走，換換空氣。（起）

啓：（欣然立起）好。

芳：你沒事吧？

啓：沒事。我正想出去瞧瞧。（將偕出）

（榕入。芳見榕，立挽啓臂，親暱地向他微笑。啓受寵若驚，報之以微笑。然後他發現了榕，與榕目光接觸。啓有點窘，又有點惱怒，立即掉過頭去。）

榕：（閒閒地）出去散步，是不是，何教授？

啓：（頑抗地）嗳。

（芳挽啓臂昂然走出，不理睬榕。）

（榕瞠目望著他倆的背影。）

（苓在樓梯上出現，下樓。她的頭髮已改梳與芳完全相同的式樣。）

榕：（聞高跟鞋聲，回顧見苓）嗳，韓苓，你的頭髮怎麼了？

苓：你說這樣好不好？（旋過頭來給他看）

榕：（搖頭）你光是頭髮學她的樣子有什麼用。

苓：（心虛地窘笑）我不懂你說什麼。

榕：（低聲）我早知道了，你不用瞞我。

苓：（倚在最後一根樓梯欄杆上）你怎麼知道的？

榕：那還看不出來？

苓：（恐慌）文炳知道不知道？

榕：他要不是那麼個大傻瓜，他也早知道了。

苓：你可千萬別告訴他。

榕：我去告訴他幹嗎？

苓：你看綽芳是眞愛他麼？

榕：（搖頭）她不過是耍弄他。現在倒已經又有了個何教授。

苓：（迫切地）哦？

榕：可是她不會爲了個窮教授放棄文炳的。好在王壽南的兒子明天就要來了，又年輕，又是天字第一號的大闊人。敢保他一來，什麼教授呀，文炳呀，全給淘汰了。這是你唯一的希望。

（文入。苓急扯了扯榕的衣服示意。榕回顧見文。）

文：緯芳呢？
榕：她出去了。
文：出去了？不會吧？她叫我在游泳池等她。
（啓匆匆自玻璃門入，四顧，找了一副太陽眼鏡。）
啓：這是不是緯芳的？（改口）呃……這是二小姐的吧？
（文向前走了一步，望著啓。）
榕：（向荼）這是何教授。（向啓）這位是大小姐。
啓：（向荼點頭微笑，匆忙地：）對不起，二小姐等著要。出去散步，忘了帶太陽眼鏡。
（急出）
（靜默片刻。文像是要跟出去，走到玻璃門口又停住了，呆在那裏。
（荼同情地望著他，作苦痛的微笑。）

第廿六場

景：飯廳
（芳在餐桌上攤著化裝跳舞的服裝，加釘花邊水鑽亮片子等。啓坐在旁邊看。
（文入。）

文：（強笑）緯苓叫我來叫你們去吃點心。
芳：噢，就來了。
文：這是你今天晚上化裝跳舞的衣裳？
芳：嗯。
文：你扮什麼？
芳：扮楊貴妃。啓華（指啓）扮高力士，攙我進去。
文：（忍氣，佯笑）誰扮唐明皇？
芳：唐明皇的衣裳沒有。好容易借來這麼兩套。（持高力士帽置啓頭上試戴）眼鏡可不能戴。
（代他摘下眼鏡。）
（文不能忍耐，猝然轉身出。）

第廿七場

景：客室
（榕與苓在吃點心。沙發前矮桌上放著茶點、咖啡。文入。）
苓：文炳，化裝跳舞你有衣裳穿麼？（替他倒咖啡）

文：我正在想不去了。化裝跳舞這玩意兒，實在不大感到興趣。

（苓失望。榕看看她。）

榕：（向文）你去一會，早點回來也是一樣。就在青山飯店，（用下頦指了指）這麼近。

文：我也沒衣裳穿。

苓：我爸爸有一套衣裳，可以借給你。

（芳偕啓入。文立即拿起一張報紙，埋頭看報。）

苓：（向芳）爸爸那件化裝跳舞的衣裳有沒有帶來，你知道不知道？

芳：我記得彷彿帶來了。（坐下，將三明治遞給啓。啓取食。）

苓：（向文）我去拿來你瞧瞧。（出）

（芳倒咖啡。）

文：（向芳）待會兒給你多照兩張楊貴妃的照片。

芳：對了。（向啓）我們照兩張相，留著做個紀念。

（文氣憤，報紙豁喇一聲響，又埋頭看報。）

芳：啓華，你瞧，爸爸新買的古董。（指爐台上銅器）你給估一估是眞是假。

啓：（起立檢視，搖頭）我上次就告訴葉經理，這種銅器都靠不住。

榕：（笑）何教授，你總該知道，人家自己願意上當，你警告也是白警告呀！

啓：（怒）你說誰？

榕：（望著他微笑）說誰？說我姑父。還有誰？難道是說你？

芳：（打岔，以手帕搧風）眞熱，一點風都沒有。（向啓）咱們出去坐一會。（自玻璃門出，至走廊上。）

（啓狠狠地瞪了榕一眼，隨芳出。）

第廿八場

景：走廊

（芳倚柱立。啓出，立她身旁。）

啓：你那表哥——眞是神經病！

芳：你別理他。

啓：（撫芳臂）他這一向有沒有跟你找麻煩？

芳：（長嘆）他反正總是那樣瘋瘋癲癲的。我眞替他難受。

啓：你的心太好了。

芳：我知道。我的毛病就是心太軟。

啓：對了。比方你對陶文炳，其實你應當老實告訴他，叫他死了這條心。

芳：（別過臉去）你又來了。

啓：你沒看見他那神氣，就像你是他的。

芳：他也怪可憐的。

啓：你還是有點愛他。

芳：不，不，絕對不。

啓：那你爲什麼不肯告訴他？

芳：我實在是不忍心。他已經夠痛苦了，再也禁不起這打擊。

啓：有時候一個人非心狠手辣不可，拖下去反而使他更受刺激。

芳：你這話很有道理。可是……我這人就是心軟，踩死一隻螞蟻，心裏都怪難受的。

啓：反正遲早總得告訴他的。（握住她的手，低聲：）你現在馬上就去告訴他。

芳：別這麼逼我好不好？（撒嬌地把頭倚在他胸前）你老是欺負我。

啓：（軟化）緯芳！（抱住她）

芳：也不知怎麼，自從遇見了你，就像你有一種魔力，使我完全著了迷。

啓：（暈陶陶）眞的？

芳：不知道別的女人看見你，是不是也像我這麼著迷？

啓：（儼然以大情人自居）你放心，緯芳，我反正只愛你一個人。

芳：啓華！

啓：可是你得老實告訴我，你對我不是一時迷戀吧？你是眞愛我？

芳：你還用問嗎？傻子。

芳：（啓想吻她。苓自玻璃門出。芳先看見了她，急推開啓。）姐姐，上這兒來，這兒挺涼快的。

苓：我找不到那件衣裳。爸爸房間裏沒有。

芳：那麼就在大箱子裏。

苓：我去瞧瞧。（入玻璃門）

芳：（恐慌）她剛才看見我們沒有？

啓：不知道。

芳：說不定她站在那兒半天了，我們說的話都讓她聽了去了。

啓：那有什麼要緊。我們也沒什麼瞞人的話。

芳：不是這麼說。我們的感情太純潔，太神聖了，別人是絕對不能了解的。

啓：（握住她的手）是的。可是我們總不能永遠保守秘密。

芳：那當然。可是暫時無論如何，不能讓人知道。

（文炳自玻璃門入。啓放下芳手。文望望他倆，鬱鬱地踱到一邊去，憑欄立著。）

啓：（指指他，輕聲向芳：）快告訴他。

（芳猛烈地搖頭。啓迫切地點頭。文回過頭來看看他們。）

芳：（匆忙地）你們談談吧，我得去洗澡去了。（急去）

啓：（躊躇片刻，咳了聲嗽，摸出烟匣來遞給文）抽烟。

（文不理睬。）

啓：（自己點上烟吸）陶先生，我正想跟你談談。

文：有什麼可談的？

啓：緯芳有兩句話跟你說，又怕你聽了太受刺激。

文：（爆發）笑話！她有話自己不會說，要你做代表？你憑什麼代表她？憑什麼？（打啓）

憑什麼？（再打啓）

啓：（大喊）好，你敢打我？（還打。二人扭作一團）

（榕急自玻璃門出。）

榕：嗳，嗳，怎麼回事？

啓：這傢伙——動手就打人！

文：（一面扭打，向榕：）搶了我的女朋友還在我面前得意——不打他打誰？

榕：（拚命拉勸）好了好了，你們這算什麼？

文：（向榕）我就不懂，緯芳不知道看中他哪一點？

榕：咳，你不懂麼，他是個男人哪。反正只要是個男人，就得愛她，追求她，要不然，就不

能滿足這位小姐的虛榮心。

啓：好，你侮辱緯芳！（打了榕一個耳刮子，打得榕踉蹌倒退幾步）

文：（向啓）他侮辱緯芳，關你什麼事？（拍胸）有我在這兒，輪不到你管！
啓：你才是多管閒事——你是緯芳的什麼人？
文：你管不著！你自己呢，你算是緯芳的什麼人？
（啓打文，文還敬。榕撫著面頰站在一邊，看見他二人又打成一團。）
榕：（拉勸）得了得了，爲這麼個女人打架，眞不犯著！
文：好，你又侮辱緯芳！（打榕）
啓：不許你打他！這是我的事！（打榕）
（三人混戰。走廊上的桌椅都被撞倒在地，玻璃門也蔵碎了。）

第廿九場

景：芳臥室
（燈下。芳正坐妝台前化妝。楊妃服裝掛在衣橱外。）
（苓扮古西方貴婦入，穿著鋼絲撐開的廣裙。）
苓：妹妹，你看我這件衣裳怎麼樣？
芳：好極了。眞美。——噯，你過來我瞧瞧。（立起來，仔細檢視苓衣後身）這兒有點不對。（扯苓裙）

苓：（回顧鏡中背影）妹妹，我有話跟你說。
芳：唔？（繼續扯苓裙。針線嗤的一聲裂開）糟糕！
苓：怎麼了？
芳：不要緊，我來給你縫兩針。（取針線，蹲下縫裙）你說你有話跟我說？
苓：剛才我聽見你和何教授說話。
芳：噢。你聽見多少？全聽見了？
苓：我聽見你說你愛他，不愛文炳。
芳：哦？（繼續縫衣）
苓：你不愛文炳，為什麼不告訴他？
芳：（一心一意地縫衣）為什麼要告訴他？
苓：你不告訴他，我就告訴他。
芳：（在片刻沉默後，抬起頭來微笑望著苓）姐姐，原來你喜歡文炳，我眞沒想到。
苓：你有什麼不知道？你早就知道了。
芳：（笑）好吧，希望你戀愛成功。
苓：（尖叫）噯呀！（急撫腰）
芳：噯呀，針戳了你一下，是不是？疼不疼？
苓：你不打算告訴他？

芳：嗳。

苓：那我就告訴他。

芳：他根本不會相信。他一定非常生氣，以爲你造謠言。

苓：（想了想）你這話也有理。

芳：（咬斷了線，替苓整理裙幅）哪，現在好了。

苓：（轉身返顧，在鏡中自照）那麼，你不肯放棄文炳？

芳：唔。

苓：那何教授呢？

芳：我兩個都要。

苓：妹妹我跟你商量：王壽南的兒子明天就來了。一個他，一個何教授，你還不夠麼？

芳：不行，我喜歡熱鬧，越多越好。

苓：越多越好，剛才他們爲你打架，你知道不知道？

芳：唔。（微笑）我聽見說，今天打架也有表哥。眞奇怪，關他什麼事？

苓：你恨不得連表哥也要，是不是？

（芳微笑不語，對鏡塗唇膏。鏡中映出苓悄然離室。）

第卅場

景：客室

（苓戴黑絨面具，挽著斗篷拿著手袋走下樓梯。到了樓梯脚下，回顧，見芳穿著便裝下樓，詫。）

苓：咦，你怎麼還不換上衣裳？

芳：（微笑）我不去了。

苓：爲什麼？

芳：有點頭疼。

苓：（突然恐慌起來，取下面具，輕聲：）文炳知道不知道你不去？

（文穿蘇格蘭裝入室，衣服太短小，格子呢短裙只齊大腿。）

文：緯苓你瞧——不行，太短了。

芳：（縱聲大笑）呦！眞漂亮！文炳，你自己去照照鏡子。

（文羞慚，自己低頭看了看，牽了牽裙子。）

苓：稍微太短一點。沒關係。

文：不，實在不能穿。緯苓，對不起，我想不去了。

苓：衣裳其實沒關係，大家都是鬧著玩嘿。

文：不，眞的。你們去吧。反正有榕生，他跳舞跳得比我好。

（苓無語。）

文：（向芳，用漠不關心的口吻：）我聽見說你也不去。

芳：噯，我累了。難得有機會在家裏休息休息。

文：我們可以在花園裏散散步，今天晚上月亮很好。

芳：（媚笑）你也跟我一樣，最喜歡清靜。

文：噯。（向苓）緯苓，眞對不起。

苓：（戴上面具，輕快地）沒關係。表哥呢？我去瞧瞧他打扮好了沒有。（出）

文：你姐姐是不是有點不大高興？

芳：我怎麼知道。

文：緯芳，待會兒我們上花園去，那何教授要是又跟了來，你可千萬別理他。

芳：咳，你不知道，這人簡直像牛皮糖似的，黏上了就不放。

文：我眞不懂，你幹嗎不老實告訴他，叫他別在這兒討人厭。

芳：我就是心太軟。

文：有時候非心狠手辣不可，拖下去反而讓他受痛苦。

芳：你這話說得眞對，可是我這人就是這樣，踩死一隻螞蟻都不忍心。

文：可是這是沒辦法的事。

芳：（嘆息）我知道。老何也眞可憐。（把頭偎在文胸前，低聲，熱情地：）文炳，你到底愛我不愛？

文：（低聲）我愛你，我愛你。（吻她）

（啓入。）

啓：（大怒，向文）嘜，你在這兒幹什麼？

文：（回顧）幹什麼？你猜我在幹什麼？（再吻芳）

啓：（一把拖開他，揮拳相向）這小子——非揍死你不可！

芳：（拉勸）嘜，啓華，你別這麼著。

啓：緯芳，你走開，不關你的事。

文：（向芳）對了，你走開，我來對付他。（二人扭打）

芳：（竭力拉勸）你們怎麼了？都瘋了？

（榕入，一隻手臂綁著繃帶吊著，頰上貼橡皮膏，十字交叉。）

榕：（遙立大聲喊）好了好了，別打了，下午已經打了一架。

（苓隨榕後入室。）

芳：（拚命拉開文與啓）表哥，你快來幫我。

榕：（連連搖手）剛才我勸架，已經給打得這樣，再勸，我這條命也沒有了。

文：（文與啓自覺慚愧，住手。）

苓：（走到榕身邊）你怎麼了，榕生？

我看他這胳膊傷得不輕，我給他綁上了繃帶。

芳：（向榕）你這樣子，還去跳舞？

苓：（笑）不去了，我們都不去了。

（女傭入。）

傭：太太叫表少爺搽上這藥。（遞一盒藥給榕）

苓：（代接，看盒面）這是雲南白藥，聽說靈得很。

芳：（向榕）値得試一試。來，我給你解開。（要解綳帶）

苓：到他房間裏去搽。

（榕，苓，芳同出，女傭隨出。）

文：（向啓）好，現在我們可以開誠佈公的談一談。

啓：好。

（二人坐。沉默片刻。）

啓：（懇切地）我得跟你道歉。

文：（懇切地）我們大家都有不是的地方。

啓：不，不，我承認是我不對。（有點羞澀地）緯芳要不是愛上了我，你也不會失戀。

文：（詫）愛上了你？（失笑）何教授，你怎麼知道她愛你？

啓：當然是她自己告訴我的。

文：（大笑）得了，你別自己騙自己了，何教授！她剛才還在那兒跟我說你討厭，像牛皮糖似的，釘著她不放。

啓：（跳起來）你胡說！這小子——你是討打！（揮拳作勢）來來來！

文：（也跳起來）打就打，誰怕你？

（二人相向立，準備動武。靜默片刻，啓突然大笑。）

啓：你這身打扮，實在太滑稽了！（笑倒在沙發上）

文：（低頭看了看自己的短裙）噯，是有點古怪。

啓：你這樣子，我實在沒法跟你打架。

文：別打了，我們還是平心靜氣的討論一下。

啓：好吧。（坐直了身子）

文：你聽我說：剛才我勸緯芳，我說她應當告訴你老實話，索性叫你死了心。可是她說她不忍心告訴你——

啓：（錯愕）不忍心告訴我？

文：（舉手制止）你聽我說。她說不忍心，我就說：有時候非心狠手辣不可，拖下去反而害人家受痛苦。

啓：（變色）哦？……那麼她怎麼說？
文：她說她就是心軟，踩死一隻螞蟻都不忍心。
啓：什麼？（站起來激動地走來走去）她眞這麼說來著？
文：當然了。
啓：她說踩死一隻螞蟻都不忍心？
文：嗳。
啓：天哪！（跟蹌倒退，廢然坐在沙發上）
文：怎麼了？
啓：我簡直不能相信——我不相信！這都是你造謠言，破壞我們的感情！（跳起來指著文）今天下午我跟緯芳說話，你一定是躱在什麼地方偸聽，都聽了去了。
文：別胡說！
啓：我也是跟她這麼說，我說她非心狠手辣不可，拖下去反而害你受痛苦。她的回答也完全一樣。
文：（怔了怔）她說什麼？說螞蟻？
啓：（點頭）說螞蟻。
文：總而言之，她完全是耍弄我們？
啓：對了。完全是水性楊花，玩弄男人。

文：（怒）你這話太侮辱她了！（跳起來揮拳作勢）

啓：（舉手制止）噯，你冷靜一點，冷靜一點。

（文廢然坐下。二人悽苦地並坐，手托著腮。）

文：我們怎麼辦呢？

啓：我們兩人一塊兒去，當面問她，到底是愛哪個。

文：（悲哀地）她要是說愛我，我可就完了。

啓：你難道還相信她？

文：我明知道她是扯謊，我還是相信她。

啓：她要是說愛我呢？

文：這是我唯一的希望。

啓：（慷慨地拍了拍文的肩膀）那麼，爲你著想，我希望她說愛我。

文：（感動）啓華，你眞夠朋友。（拍他肩膀）

啓：哪裏哪裏，這不算什麼。

文：啓華，咱們出去痛痛快快的喝兩杯。

啓：好，文炳，走！我請客。

（兩人勾肩搭背向外走，正遇見榕走進來。）

文：（興奮地）榕生，我跟啓華上青山飯店去喝酒，你去不去？

榕：（瞠目望著他們）『我跟啓華』！你們倒眞是『不打不成相識』！（讓開路，但忽然想起來，拉住文臂）噯，緯芳叫我告訴你，她在花園裏等著你呢。

文：讓她等著去。

啓：（向榕）你告訴她，我們非心狠手辣不可，拖下去反而害她受痛苦。

文：告訴她走路小心點，別踩死了螞蟻。

（文偕啓出。榕望著他們的後影發怔。）

第卅一場

景：別墅門前

（走廊上點著燈，照亮了台階與一角草坪。文扶啓踉蹌回，走入燈光內。

（榕獨坐廊上吸烟。）

文：噯，榕生，你來幫我攙一攙他。

榕：（幫攙啓）何教授喝醉了？

啓：（打呃）我沒醉。

文：他眞能喝。（扶啓自玻璃門入）

第卅二場

景：客室

（文與榕扶啓入。）

榕：（向文）送他上他屋去吧？不早了，該睡了。

文：不，我們還得跟緯芳開談判呢。

榕：開談判？（與文扶啓到沙發上坐下）

文：唔，叫她老實說出來，到底是愛我還是愛他。（在啓身邊坐下）

啓：（頭枕在沙發背上，用下頦指了指文，向榕：）他還在那兒痴心妄想呢，只要她說一聲愛他，他馬上投降，你信不信？

文：要是你，你不投降？不過你自己覺得沒希望，所以樂得充硬漢。

啓：（怒）你這是什麼話？（突然坐直身子）

榕：（急捺住啓）好了好了，別又打起來。

（文與啓悻悻地互看了一眼，復鬆弛下來。）

榕：（坐）照客觀的看法，緯芳要是在你們兩人中間挑一個，大概是挑文炳。（向啓）他比你年輕，比你漂亮。

啓：（不服）他的確是比我年輕。（顧影自憐地摸摸頭髮，托了托眼鏡。）

文：（嘲笑地）可並不比你漂亮。

榕：來來來，你們二位，怎麼了？你們這樣不團結，怎麼能對付緯芳？

啓：這話有理！天下女人都不是好東西，我們男人要是不願意做奴隸，非團結不可！

文：對，對！（高舉一臂）全世界男人團結起來，打倒女人！

榕：（也舉臂高呼）贊成打倒女人的舉手！

啓：（高舉雙臂）我舉兩隻手贊成。

文：（故態復萌，代舉另一手）三隻手！偷人家女朋友！你沒來的時候好好的！

榕：（打他的手）你又來了！

（芳徐徐地走下樓梯，面容莊嚴而悲哀。啓抬頭看見了她，急用肘彎推了推文與榕。三人不安地站了起來。）

芳：（向文與啓）剛才你們叫我表哥帶話給我，我不懂你們說什麼。可以解釋給我聽麼？

（走到樓梯脚下）

（沒有人回答。）

榕：（望望文與啓）怎麼都不開口？……來來來，誰放第一砲？

（二人仍不語。）

榕：（向芳）這兩位先生認爲你是欺騙他們，拿他們當玩物。

啓：噯。你告訴我說你愛我，討厭文炳，又告訴文炳你愛他，討厭我。

文：到底你是愛誰，討厭誰？

芳：（鄙夷地）哼！（掉過身去，走開。）

榕：怎麼，你不肯回答？

芳：當然不。我愛誰，不愛誰，完全是我自己的事，誰也管不著。

榕：（笑了起來，轉身向文與啓）好厲害。我眞佩服了她。

（芳轉身上樓，但榕搶先抓住她的手臂。）

芳：幹嗎？

榕：你得先回答這問題。

芳：不回答，就不讓我走？

榕：噯。

芳：（甩脫榕手）好。你們問我愛誰。那我就告訴你們。（向榕）我愛你。

（榕退縮。誰也不作聲。死寂。）

芳：明兒見。（上樓）

（文與啓呆呆地望著她離去。榕軟癱在沙發椅上。）

啓：（搔頭）我們到底算打了勝仗，打了敗仗？

榕：（苦笑）打了勝仗？眞是做夢！

文：（陰鬱地）至少在我這方面是打了勝仗——沒有危險了。
榕：我害怕。我眞害怕。
啓：（嚴厲地將手擱在他肩上）年紀輕輕的，怎麼這麼沒出息？
榕：我沒法抵抗她。
啓：你堅強一點。不能破壞我們的聯合陣線。
榕：我要你們倆答應我一件事。
文：什麼事？
榕：我要你們跟著我，一步也不離開我，絕對不讓我跟緯芳單獨在一起。
啓：（向文）這小子簡直不中用，膽兒這麼小。
文：（向榕）好，我答應你。
榕：（感激地與他握手）到底是老朋友。
啓：（搖頭）眞沒出息。我得去睡了，明兒見。（出）
文：（長嘆）其實你又何必這麼害怕。她看中你，你應當高興，別人還求之不得呢。
榕：算了吧。跟她這樣的人談戀愛，不是自討苦吃？我理想的對象剛巧跟她相反。
文：哦？你的理想是什麼樣的？
榕：第一要爽快，要心眼好，跟我談得來，而且是眞愛我。當然得相當漂亮，可是不至於漂
　　亮得人人都追求她。
文：聽你說的，倒有點像緯苓。

榕：（想了想）噯。（微笑）可惜有一個條件不合：緯苓並不愛我。我要是你，我一定追求她。

文：什麼？

榕：（突然發現自己失言）糟糕，一不小心，給說漏了。

文：你剛才說什麼，我還是不明白。

榕：你這傻子，緯苓愛你，你一點都不知道？

文：（詫笑）別胡說八道。

榕：眞的。誰騙你。

文：我不信。

榕：你不信，你追求她試試。

文：（著急）噓！她來了！

（苓易便裝入。）

苓：表哥，你的胳膊怎麼樣？疼得厲害麼？

榕：好多了。

（文微張著嘴，呆呆地望著她，眼光中充滿了驚異猜疑與窘意。）

苓：（向文微笑）你們後來還是上青山飯店去了？

文：（窘）噯。沒跳舞，跟何教授去喝酒。

苓：何教授呢？

文：他喝醉了，去睡了。

苓：你喝醉沒有？要不要吃點水果？

榕：吃點水果吧。我去給你拿。（出）

（寂寞片刻。文踟躕不安。）

文：緯苓。

苓：嗯？

文：（徐徐地從沙發後面兜過來，向她走來）今天眞對不起，沒陪你去跳舞。

苓：沒關係。我根本也不愛跳舞，不過是湊熱鬧。

（寂靜片刻。）

文：緯苓。

苓：嗯？

文：沒什麼。（惘惘地走了開去，繞室而行。）剛才我們回來的時候，像要下雨似的。

苓：是嗎？我希望明天別下雨。

（靜默。文自袋中取出香烟匣。）

文：（突然作了一個決定，旋過身來向苓）緯苓，我有句話想跟你說——（他正打開了烟匣，一旋身，香烟全部散落在地。）

（苓笑，蹲下去幫他拾。文也蹲下來拾。文突然湊上去像要吻她。）

第卅三場

景：飯廳

（榕走到長條櫃前，拿起一隻大水晶碗，內盛各色水果。榕正要離室，芳入。）

芳：（溫柔地）表哥。

榕：（震驚，力自鎭靜）你還沒睡？

芳：我有話跟你說。

榕：不早了，我得去睡了。（急趨出，但她緊緊拉住他的手臂）

芳：我剛才告訴你的話，你大概不相信。

榕：（焦急地四顧求援）不相信。

芳：（安靜而悲哀）我知道你不會相信。可是不管你信不信，我得告訴你——

榕：（狂亂地掙脫手臂，急趨室之另一隅）有話明天再說。

芳：表哥，我除了你從來沒愛過別人。我跟別人好都是假的，都是爲了想叫你妬忌。

榕：可惜我一點也不吃醋。

芳：（走開）我知道你看不起我。（苦笑）想想也眞可笑，我說假話人家倒相信，這一次我倒是說眞心話，人家倒不相信。

榕：誰叫你扯慌扯得太多了。活該，自作自受。

芳：（悲哀地）好，我走了。明天見。（在門口旋過身來）我愛你。我從小就愛你。

榕：（冷笑）得了得了。

芳：我永遠愛你。

榕：（低聲詛咒）這鬼丫頭。（終於不克自持，走到她跟前熱烈地擁抱她。）

芳：（狂喜）表哥，你說呀。

榕：（仍想閃避騰挪）說什麼？

芳：說你愛我。

榕：（廢然走開）非說不可？——咳！（絕望地大喊）我——愛——你！

芳：（狂喜）表哥！

榕：（悲憤地）你這總該滿意了吧？（拿起水果奪門而出）

（芳面上現出勝利的微笑。）

第卅四場

景：客室

（榕持水果入，正撞見文吻苓。榕急退出。苓與文均不覺。

（苓用力推開了文。她驚疑，惶惑，心亂。文也不解苓何以並不歡迎他吻她。）

苓：你眞是喝醉了。

（文不語。）

榕：吃水果。（榕在門外咳了聲嗽，緩緩踱進來。文急起立。）

文：（自碗內取一蘋果）我去睡了。明兒見。（出）

榕：他怎麼了？

苓：他剛才非常奇怪。

榕：哦？

苓：他是不是喝酒喝多了？

榕：（在片刻的沈默後）一定是因爲我告訴了他。

苓：（恐慌）表哥，你告訴他了？說我愛他？

榕：你別生氣。

苓：我眞生氣！表哥你眞是！這以後他看見我一定非常窘，簡直怕看見我。

榕：不要緊，明天我再跟他解釋，就說我是扯謊，跟他鬧著玩的。

苓：得了，越解釋越糟。你害得我還不夠！

榕：（頹喪地）別罵我了，緯苓。我已經夠倒楣的。

苓：你怎麼了？

榕：（煩躁地踱來踱去）緯芳說她愛我。

苓：你呢？

榕：我一直愛她的。

苓：那還不好麼？你發什麼愁？

榕：你想想，要是娶她這麼個太太，我這一輩子算完了。我寫小說怎麼養得活她？爲了我的前途，我的理想，我非逃走不可。

苓：你逃到哪兒去？自己親戚，還能一輩子不見面？

榕：我一回到城裏，馬上買飛機票上仰光去。

苓：上仰光去幹嗎？

榕：去做和尚去。

（畫面上角現出一個圓圈，圈內另一個榕已剃光頭，風吹著他淡橙黃的袈裟，赤著腳在仰光的金頂佛寺前徘徊，面色平靜，耀眼的熱帶陽光使他瞇著眼睛。）

榕：緯苓，明天早上我要是走得早，見不到你，我先跟你辭行了。

苓：表哥，（一手擱在他肩上）我想，她倒許是眞愛你。

榕：（痛苦地）得了，別說了。（轉身出。上方的圓圈緩緩相隨。出至戶外，樹枝橫斜劃過圓圈。樹的黑色剪影隨即遮沒了它。它再出現的時候，已是一輪大半滿的淡橙黃的月亮。榕凄然望月。）

第卅五場

景：穿堂

（次晨。榕的房門悄悄地開了一線。文探頭出來張望了一下，向裏面點頭招手。榕拎著一隻皮箱踮手踮腳走出來。文在前開路。

（文推開大門向走廊上張望。見芳抱著胳膊倚在柱上。）

文：（輕聲向榕）當心，當心！緯芳在這兒。

（榕抛下皮箱奔回臥室，砰然關上房門，下了鎖。）

文：（代他拎起皮箱，耐心地敲門）噯，你出來，出來，沒關係。有我在這兒。

第卅六場

景：走廊

（芳倚柱立。榕硬著頭皮拎皮箱出，文跟在後面。）

芳：（攔路）表哥，你怎麼忽然要走了？

榕：噯，我有點事，得趕緊回去。

芳：（向文）文炳，請你走開一會，讓我跟表哥說兩句話。

（文抱著胳膊屹立，不答。）

榕：你有話儘管當著文炳說，沒關係。

芳：我不能當著人說。

榕：那你就別說。

芳：（沈默了一會）好吧。我也沒什麼可說的。你要走我也不攔你。我知道你是要躲開我。

（泣然）

榕：（稍稍軟化）好在你很快就會忘了我。

芳：我是永遠忘不了你的。你有空就寫信給我。

榕：（軟化）好，一定寫信給你。一天寫一封都行。

芳：表哥，我想——（手搭在他肩上，仰臉望著他）最後一次了——我想跟你說再會。

（很長的靜默。榕的臉上現出內心的掙扎。）

榕：（猝然）文炳，你走開。

（文屹立不動。）

榕：你走開，文炳。

（文只當聽不見。）

榕：（威嚇地向他逼近一步）你走不走？

文：（緩緩地）你理智一點，理智一點。

（榕瞪眼望著他，逐漸恢復自制力。）

榕：多謝你提醒我。（拿起箱子走下台階。文跟在後面。）

（芳自知失敗，賭氣一扭身走了進去。）

第卅七場

景：汽車間外

（車間門大開。內空。文偕榕走來，向內張了張，工役持澆水橡皮管走過。）

榕：（喚住工役）噯，你們的汽車呢？

工：老爺坐出去了。今兒一早就上飛機場去。

榕：（向文）噢，去接王壽南的兒子。

（工役走了過去。）

文：（低聲向榕）恭喜恭喜，你的替身來了。人家有了王壽南的兒子，還要你嗎？

（榕苦笑。）

第卅八場

景：飯廳

（苓正吃早飯。芳坐在她對面，怔怔地用茶匙攪著紅茶。）

苓：（冷嘲地）你還不去打扮打扮，預備招待貴客。有了王壽南的兒子，表哥就是在這兒，你也沒工夫理他。

芳：姐姐你也學壞了，這張嘴眞討人嫌。（故意地）文炳呢？怎麼不來吃早飯？
苓：我沒看見他。
芳：我想想眞有點對不起文炳，得好好的安慰安慰他。
苓：（吃驚）怎麼，你又看上文炳了？
芳：（甜笑）還是文炳好。姐姐你看中的人準沒錯。
（起，離室。）
（苓憂慮，食不下嚥。）
（文入，見苓，窘甚。）
苓：（若無其事）表哥走了？
文：還沒走。等汽車呢。
苓：（起）我去送送他。
文：緯苓，我要跟你道歉。昨天晚上眞是喝醉了。
（苓低頭無語。）
文：也都是你表哥不好，無緣無故跟我搗亂。他告訴我——（乾笑）我眞有點說不出口——太荒唐了。他說你自從第一次見面就愛上了我。（笑）
苓：（低聲）表哥眞是胡鬧。
文：我要不是酒喝多了，也決不會相信他。（笑）當時我就覺得奇怪，你並沒說，『好容易有今天這一天！』

荅：要是那時候我說，『好容易有今天這一天！』你怎麼著？
文：那我大概會說，『我一直愛著你，自己都不知道。』
荅：不會不會，你不會這麼說的。
文：（抱歉地）不，昨天晚上我是有點神經錯亂，因爲受了點刺激。
荅：（安靜地）你今天不神經錯亂吧？
文：（笑）不，不，你不用害怕。現在我完全好了。
荅：以後你也不會再神經錯亂？
文：不會，絕對沒這危險。你放心。
荅：（自長條櫃上取酒一瓶，酒杯一隻）要是你現在又喝醉了，要是我又告訴你我表哥說的都是眞話，那你會不會又像昨天一樣？
文：（抑制住感情）那說不定。我不敢擔保。
（荅開瓶倒酒，文走到她背後抱著她，吻她的臉，酒汩汩地從杯中溢出，汪在桌上，流下地去。）
荅：好容易有今天這一天！
文：我一直愛著你，自己都不知道。

第卅九場

景：走廊

（葉太太立大門前等候。二男傭二女傭左右侍立。）

葉太：（緊張地）大小姐呢？——叫二小姐快下來。

女傭甲：噢。（去）

葉太：表少爺走了沒有？請他來幫著招待。

男傭甲：噢。（去）

葉太：飛機上不知吃過早飯沒有？叫他們馬上預備開飯。

女傭乙：噢。（去）

葉太：多叫幾個人來搬行李。

男傭乙：噢。（去）

（芳盛妝出。）

葉太：嗳，緯芳，快來！他們來了！來了！

（母女並立廊上歡迎，芳立母右。榕來，立葉太左。苓在榕背後出現，榕讓出地方，苓立母與榕之間。

（汽車駛到門前停下。司機下車開門，葉經理下車。一個十一二歲的男孩跟著下車，吮著一根棒糖，東張西望。

（男傭率工役數人自車上搬下行李。）

葉經理：（牽孩上階）到了這兒，就像自己家裏一樣，可千萬別客氣。

葉太：路上辛苦了吧？累不累？

葉經理：（向葉太）這是我們董事長的少爺。

葉太：歡迎歡迎。快進來歇歇。

（衆簇擁孩進屋，工役拎行李後隨。

（榕與芳目光接觸，榕突然狂奔下階，跳上汽車，開動馬達。

（但芳已追了上來，跳入後座。

（榕聽見後面砰然一聲關上門，知已不及脫逃，頹然，兩手仍按在車盤上。馬達聲停止。喇叭聲大作，代表他心境的焦灼紊亂。

（芳伏在前座靠背上，笑著摟住他的脖子。

（喇叭聲化爲樂隊小喇叭獨奏，終融入歡快的音樂。）

劇終

皇冠叢書第九〇九種
【張愛玲全集12】

惘然記

作者—張愛玲
發行人—平鑫濤
出版發行—皇冠文學出版有限公司
台北市敦化北路一二〇巷五〇號
電話◉七一六八八八八
郵撥帳號◉一五二六一五一—六號
登記證—局版臺業字第五〇一三號
編務經理—方麗婉
企劃經理—楊淑慧
印務副理—鄭淑芳
編務副理—崔玉珍
責任編輯—方麗婉
美術主編—吳慧雯
美術編輯—吳慧雯・劉慧芬
校對—曾美珠・謝慧珍・陳麗玟
印刷者—世和印製企業有限公司
台北縣中和市平和路五三號
電話◉二二三三八六六
原始出版日—一九八三年(民72)六月
典藏版初版—一九九一年(民80)八月
典藏版七刷—一九九五年(民84)十月
◉法律顧問—蕭雄淋律師・王惠光律師

皇冠
CROWN <註冊商標第173155號>

國際書碼◉ISBN 957-33-0550-X
Printed in Taiwan
本書定價◉新台幣160元